「勇者は元魔王を殺せない」

Chara

勇者は元魔王を殺せない

西野 花

キャラ文庫

この作品はフィクションです。
実在の人物・団体・事件などにはいっさい関係ありません。

目次

口絵・本文イラスト／兼守美行

崩れかけた魔王の城の最深部では、今まさに最後の戦いの最中だった。

勇者リカルドの目の前には、『深淵《しんえん》の黒珠《こくじゅ》』と呼ばれる魔王がいる。これまで現れた魔王の中で最も秀麗で、最も冷酷だと言われる魔王イシュメル。玉座の前に立つその姿は黒衣を纏《まと》い、黒絹のような髪が風圧に靡《なび》いていた。白皙《はくせき》の顔貌《がんぼう》は身震いするほどに美しく、その瞳は血の色を混ぜたような紅玉色だった。

「ぐっ……！」

爆風に吹き飛ばされたリカルドが壁に背を叩《たた》きつけられる。全身の骨が軋《きし》むような感覚がした。

「リカルド！」

シスターのレイラから回復の術が飛んでくる。すると痛みが立ち所に退《ひ》いていき、体力が回復していった。

「ありがとな、レイラ！」

リカルドはすぐに戦線に戻っていく。賢者アレウスが防御の壁を展開し、戦士のレギアがイシュメルに何度も斬りかかっていた。

「ずいぶん長い間待たせたな、イシュメル」

口元の血をぐい、と拭い、リカルドは不敵に笑う。常ならば陽《ひ》の光を弾《はじ》く金髪も今は埃《ほこり》と泥に汚れていた。

「お前のことは俺が殺す。それが俺の最後の役目だ」

そう不遜《ふそん》に言い放つリカルドを、イシュメルは氷よりも冷たい紅《あか》い瞳で見下ろした。

違う。あいつはあんな瞳をする奴《やつ》じゃない。

「掃いて捨てる程度の虫けらが大きな口を叩く」

響きだけは美しい、冷ややかな声がリカルドを罵った。

「人間などすべて同じ。罪を重ねるだけの生きものよ。私と何が違うと言うのか」

「イシュメル……、私たちの声はどうあっても届かないというのですね」

アレウスの声には憐憫《れんびん》が含まれていた。イシュメルはその言葉が気にいらないのか、不愉快そうな表情を浮かべる。

「何を戯言《たわごと》を」

「アレウス。彼はもう以前のイシュメルではないわ。『魔王の種子』を取り込んでまったく別の存在となったのだから」

レイラの声を、リカルドは苦い思いで聞いていた。

　イシュメルはかつての仲間だった。だが今は世界に仇《あだ》なす存在としてリカルド達の前に立ち塞がっている。彼を斃《たお》さねば、世界は救われない。

「勇者リカルド。お前に私が殺せるのか？」

　イシュメルの唇の端が蠱惑的《こわくてき》に引き上げられた。あの唇に、一度だけ口づけたことがある。甘い夜の記憶がリカルドを苛《さいな》んだ。

「――――殺すさ」

　リカルドは剣を捨て、背中に負ったもう一本のそれを抜く。宝剣ガイアゼル。魔王殺しと呼ばれるその剣はリカルドがこの時のために必死で手に入れた剣だ。

「……小賢《こざか》しい」

　イシュメルはガイアゼルを見ると忌々《いまいま》しそうに眉を寄せた。彼の周りの空気が魔力を纏い、鎌鼬《かまいたち》のように鋭くなるのがわかる。

「やれるものならやってみろ！」

「うおおおお‼　イシュメル――――‼」

　リカルドは咆哮《ほうこう》と共に地を蹴った。同時にイシュメルから鎌鼬が放たれる。リカルドはそれらを次々と掻《か》い潜《くぐ》り、イシュメルに迫った。いくつかは避《よ》けきれずに手脚が裂けて血が吹き出る。それでもリカルドは止まらなかった。

――イシュメル。

時が止まったような気がした。

かつて共に旅をした仲間。そしていつしか、互いの気持ちに気づくようになった。魔王との決戦の前夜に口づけを交わし、魔王を斃したら共に生きようと誓い合った。

それなのに、彼はその魔王そのものとなってしまった。

「……リカ…ルド……」

その声にリカルドはハッとして目の前の光景を見る。宝剣ガイアゼルはイシュメルの身体《からだ》を貫き、背中へと貫通していた。魔王殺しの宝剣はイシュメルの生命を急速に奪い、その身体から力が抜けていく。頽《くずお》れる身体をリカルドが慌てて受け止めた。

「――イシュメル!!」

黒髪が滝のように流れる。死の際においてさえ、彼は美しかった。唇が何かを言おうとして微《かす》かに動く。

「……イシュメル」

震える手でイシュメルの頬に触れた。冷たい絹のような感触。彼が何を言おうとしているのか、リカルドは必死に聞き取ろうとする。

だがそれはリカルドに伝わることはなく、魔王イシュメルはリカルドの手によって斃された

のだった。

今からおよそ十年前のことだ。

「――――まだ起きてたのか？」

宿屋の二階で窓辺に座り、星を見ているらしいイシュメルにリカルドが話しかけた。

「すまない。起こしてしまったか？」

振り向いた彼が小さく答える。リカルドはベッドから起き出すと、イシュメルの隣に腰を下ろす。

「緊張してんのか？」

自分達は魔王討伐の旅の最中だった。勇者の称号を持つリカルドと、魔術師のイシュメル、戦士のレギア、賢者のアレウス、シスターのレイラとの五人パーティーだった。

仲間が揃《そろ》った当初は、最年長のアレウスが三十五歳、レイラが二十歳、最年少のレギアは十九歳、そして勇者であるリカルドは二十五歳、イシュメルがひとつ下の二十四歳だった。

だが技を極めた者はそれぞれの力で外見の時間を止められる。この世界では年齢というものはあまり意味のないものになっていた。

「緊張……、そう、そうなのかな」

星明かりに彼の黒髪と黒い瞳が控えめにきらめいている。夜の中の彼は格別に綺麗《きれい》だった。

魔族というものは、皆そうなのだろうか。

もうじき魔王の城のある険しい山の中に入る。この宿屋のある町がおそらく最後の町になるだろう。

「魔族のお前がいないと魔王は斃せない。だから責任重大だってのはわかるよ」

イシュメルは魔族という種族だった。人間とは若干違う。両耳が少し尖《とが》っていて、魔力が高く、人間よりは魔物よりの存在だった。そのため人間の中には魔族を忌み嫌う者も多い。歴代の魔王の中には魔族も多いからだ。闇に取り込まれやすい。心ない人間はそんなふうに噂《うわさ》している。

だが実際にイシュメルと旅をしてみて、リカルドは人から聞いていた魔族のイメージと彼とは大分違うと感じていた。

彼は思慮深く聡明《そうめい》で、心根が優しかった。

以前、海辺の近くの町に立ち寄った時、彼が魔族だとバレてしまい、子供達から石を投げられたことがあった。血の気の多いリカルドは子供達を叱ろうとしたが、イシュメルはそれを止めた。いちいち気にしても仕方がないから、と。

だが三日後、その子供達が魔物の住処《すみか》のある山の中に冒険に行ったきり帰って来ない、と彼らの親が泣きついてきた。

その時リカルドは助けに行くことを一瞬躊躇《ちゅうちょ》した。勇者と呼ばれる者としてあってはならないことだが、仲間に危害を加えられて善意の行動をするほどお人好《ひとよ》しではない。

だがその時に一番最初に立ち上がったのがイシュメルだった。彼は先頭に立って魔物の巣に乗り込み、ほとんど自分一人で魔物を一掃してしまった。子供達は奥に捕らえられており、もう少しで食料になるところだった。

「子供は宝だよ。人は色んな過ちを犯して成長していくものだろう？　その一助になったのならよかったよ」

「けどお前、ただ魔族だってだけで石投げられたんだぞ」

リカルドは納得できなかった。子供達はイシュメルに謝罪したが、彼らの親はその出来事があってもイシュメルを見る目には恐れと侮蔑が混ざっていた。

「人は自分達が理解できない力を持つ者や手に余る者が怖いんだよ」

「だからってなあ…！」

「リカルド。勇者ならば寛容の精神を身につけないとね」

綺麗な顔でにこ、と微笑《ほほえ》まれて、リカルドは絶句する。どうしてそれで笑っていられるのだろう。

勇者とは称号だ。夥した魔物の数とランク、そして知名度によって授けられる。ほとんどが単純な強さに対するものだ。明らかな犯罪を犯していれば別だが、そこに人格はあまり関係ない。

「それでも、君には人間から賞賛されていて欲しいんだよ」

イシュメルの穏やかな声を聞くと、胸がざわついた。真っ先に子供を助けに行った彼こそが賞賛されるべきだろう。それは自分が受け取るものじゃない、とリカルドは思った。

「魔王が討伐された時、誰もが君を讃《たた》えるだろう」

そんな出来事を思い出していた時、イシュメルが星を見上げながらそう言った。

「俺は賞賛なんか欲しくねえよ」

「じゃあ何故《なぜ》、こんな旅を？」

「自分の強さを試したいからだよ。魔王なんてうってつけの相手だろ」

リカルドはにやりと笑いながら告げた。自分がやや戦闘狂だという自覚はある。命のやりとりの果てにあるものをつかみ取りたいのだ。

「……リカルドらしい」

イシュメルはぷっと噴き出す。その表情が思いの外幼く見えて、可愛《かわい》いと思った。

「イシュメルはどうなんだ?」

「俺は、誰かの役に立ちたかっただけだよ。皆に笑っていて欲しいんだ。俺にはこれくらいしかできないから」

魔王の討伐には魔族の協力が不可欠と言われている。魔王の体内には『世界の罪咎《つみとが》』と呼ばれる負の高エネルギー体が存在していて、魔王が死ぬ時に放出される。それに触れると即座に死を迎えるために、『世界の罪咎』の対処が必要とされていた。

ひとつは魔王殺しと言われる宝剣ガイアゼル。北限の山中の奥深くに眠るとされるそれがあれば、『世界の罪咎』を無効化できると言われていた。だがガイアゼルを手に入れるのは非常に困難と言われており、あまり現実的ではない。

そしてもうひとつの方法が魔族による対処だった。魔族の中でも高レベルの術者は『世界の罪咎』を自身の中に取り込み抑えることができる。しかしこの方法にも危険がないわけではなかった。『世界の罪咎』を取り込んだ時に魔王が持つ『魔王の種子』を埋め込まれてしまうと、今度はその者が魔王化してしまう。その場合、その魔族の仲間である者達が魔王化した魔族を討つ、というのが暗黙の掟《おきて》のようになっていた。

「リカルド、頼みがあるんだ」

「何だ」

イシュメルは星空からリカルドに視線を移した。濡《ぬ》れているかのような瞳に見つめられると鼓動が駆け足を始める。なんだこの感情は。

「もしも俺が魔王化したら、必ず君の手で討ち取って欲しい」

「――――」

イシュメルが告げた言葉に、リカルドの頭は思わず冷えた。

「何、言ってんだ」

リカルドは笑い飛ばそうとした。だがわかっていた。可能性はゼロではない。アレウスにも言われたことがあった。もしもの場合のことを考えておくべきだと。

「お前みたいな奴が魔王になるなんて、ありえないだろ」

「それは関係ない。魔王化するのに、元の性質は問題ではないんだ。強制的に書き換えられ、魔物の王にさせられる。知ってるだろう?」

噛《か》んで含めるような物言いにリカルドは黙り込む。そんなリカルドに、イシュメルは自分を殺してくれと頼むのだ。

「俺は君のことを信用している。リカルドなら、魔王化した俺を確実に討ち取ってくれるだろう」

「……ずいぶん残酷なことを言うんだな」

「え？」

「お前を殺すことになった俺の気持ちとか、考えたことあるのかよ」

そう言うとイシュメルはほんの少しの間虚を衝《つ》かれた表情になった。もう言ってしまえ、とリカルドは彼に告げる。

「――――俺はお前のことが好きなんだぞ」

「ありがとう、俺もリカルドのことが好きだ」

これは絶対にわかっていないな、とリカルドは確信した。

「俺が好きって言うのは――――、こういうことだ」

リカルドはイシュメルに顔を近づけ、その唇に自分のそれを重ねた。彼の肩がびくりと動く。だが、逃げようとする気配はない。

イシュメルの唇は柔らかく、そして少し冷たかった。まるで朝露に濡れた花びらに口づけているようだと思った。彼が抵抗しないので、もう少しいけるか？　と思い、合わせる角度を深くさせていく。舌先で唇をぺろりと舐《な》めると、胸を強く押し返された。リカルドは素直に引く。

イシュメルの頬は朱に染まっていた。その表情もどこか落ち着かなげで戸惑っているようで、こんな彼の顔はめずらしい。リカルドは得した気分になっていた。

「嫌だったか？」

「え、あ…、いや」

困惑したように視線を彷徨《さまよ》わせているイシュメルはリカルドの心の奥底を煽《あお》る。だが我慢した。今はまだその時ではない。

「俺はイシュメルに対してこういうことを考えている」

「……」

彼は口づけられた唇にそっと自分の指を触れさせた。その時の感触を思い出しているようだ。

「わからないならもう一度しようか」

「そ、それは…、ちょっと待ってくれ」

彼は両手を前に出してリカルドを制止するような素振りを見せる。やはり嫌だったのか、と落胆しそうになった時。

「もう一度されたら、頭がどうかなってしまいそうだから」

「……それって」

「嫌では、ない。むしろ……」

「むしろ?」

重ねて聞くリカルドに、イシュメルは困ったように答えた。

「なんだか、気持ちがいい、ような…」

ここで襲いかからなかった自分を、リカルドは褒めて欲しいと思う。

「それは俺のことが好きだから、じゃないのか…?」

「わからない。でも…、リカルドのことは好ましいと思う。強いし、少し好戦的な部分はあるが、気持ちが真《ま》っ直《す》ぐで見ていて胸がすく。側《そば》にいられるのが誇らしい」

それに、とイシュメルは続けた。

「見目もいいと感じる。俺と違って髪も目も肌の色も、太陽に愛されたようだ。男性的な逞《たくま》しさは、非常に雄めいてなんというか……、そう、色気がある」

つらつらと褒められてしまい、リカルドは思わず面映《おもは》ゆくなった。

「そう言ってくれんのは嬉《うれ》しいが、なんか口説かれてる気分だな」

「えっ⁉　す…すまない、そんなつもりは」

「いいんだ。要は、嫌われてはいないってことだろ?」

「リカルドを嫌いになる者などいない」

「他の奴はどうでもいい。お前は俺を好いていてくれてるんだな?　キスされて嫌じゃないくらいには」

イシュメルは頷《うなず》いた。

「もしお前が魔王化したら、俺が必ず殺してやる。だから、無事に戻れたら、この続きをしてもいいか？」

「……いい」

恥じらいながらも彼ははっきりと答えてくれた。リカルドはよし！　と拳を握る。

「じゃあ、必ず魔王をぶっ斃して帰ってこようぜ」

「ああ、わかった」

色よい返事をもらい、リカルドはこの時浮かれていたのだ。そう、あの時までは。


リカルドの剣が魔王の肉体を真っ二つに切り裂く。断末魔の悲鳴が上がり、その身体から瘴気《しょうき》のようなものが溢《あふ》れ出てきた。

「出てきたぞ！」

「下がっていてくれ」

魔族であるイシュメルが前に出る。杖《つえ》を掲げ、魔王の身体から出る負のエネルギーを自身に集め始めた。

「すべての罪と咎《とが》を我に」

魔王とは世界の歪《ゆが》みや罪を一手に引き受ける存在である。世界が円滑に推移していくためにどうしても発生してしまう。生きものの負の側面。それらを内包し、呑《の》み込むのが魔王なのだ。だが魔王は魔物を操り世界に仇をなす。それ故に勇者などが魔王を討伐しに来るのだった。

（必要悪なんだろうか）

『世界の罪咎』を集め、自身に吸収し始めたイシュメルを見守り、リカルドはそんなことを考える。

リカルドも綺麗事で生きてきたわけではない。善意の存在だけでは世界は回らないということは承知していた。自分の名声は今回の魔王討伐によってまた高まるだろう。だがそんなことにはたいして興味はなかった。

世界には善も悪も存在する。その二つの間にはたいした差はなくて、生きとし生けるものは己の都合によってそれを決めるのだ。

リカルドはこの世界が好きだ。気心の知れた仲間達も、立ち寄る町や村の親切な人達やそうでない人達。巡る季節や動植物、そしていつしか心の奥底に入り込んでしまったイシュメル。自分はそれらを守るために存在するのだと思っている。

だから魔王は斃さなくてはならない。その結果、新たな魔王が誕生するのだとしても。

「……ん？」

何かおかしい。

「ねえ、何か……変じゃない？」

レイラも異変に気づいたのか、イシュメルを見て怪訝《けげん》そうな声を漏らす。

「イシュメル？」

あれは何だ。

倒れた魔王の遺骸から、小さな球状のようなものが浮かび上がっていた。それは細い根を持ち、そこから更に細い髭《ひげ》のようなものがいくつも出ている。まるで球根のような。

それは青白い光に包まれ、『世界の罪咎』と帯状に繋《つな》がっていた。

「――――いかん！」

アレウスが警告めいた声を出す。

「あれは『魔王の種子』だ。あれが体内に入ると、魔王化する！」

「なんだって⁉」

リカルドはアレウスを見て、またイシュメルに視線を戻した。すると彼の周りの空気が歪《ひず》みを起こしたように変質していることに気づく。そして『魔王の種子』が、徐々にイシュメルに近づいてきていることも。

「イシュメル！」

「――逃げるんだ！」

　だが、先に逃げろと言ったのはイシュメルのほうだった。それを合図のようにして、ごう、と魔力の暴風がイシュメルを包む。彼の長い黒髪が激しく乱れた。

　イシュメルとリカルド達の間を分断するかのように床に亀裂が走り、魔力を含んだ風が近づくのを拒むように暴れ躍る。

「嘘《うそ》。そんな……。次の魔王は、イシュメルになるの？」

　嘆くようなレイラの声。リカルドはその様子を信じられない思いで見つめていた。『魔王の種子』は、もうイシュメルのすぐ近くまで移動してきている。イシュメルと魔力の帯で繋がれたそれは、彼の下腹部へと近づいてきていた。

「イシュメル！　すぐに中断しろ！」

　このままではレイラの言う通り、『魔王の種子』を取り込んだイシュメルが魔王化する。そうなれば、今度は彼が世界の敵となってしまうのだ。

「駄目だ」

　だがイシュメルは固い声で答えた。

「今、この処置を中断すれば、『世界の罪咎』が溢れて君達はおろか、周りの町までも巻き込んでしまう。だから逃げろ、早く――。これ以上、は」

「くそっ！」

リカルドは剣を抜き、目の前を阻む魔力の壁を斬りつけた。だが途端に暴風が発生して、後ろに吹き飛ばされてしまう。

「リカルド！」

大丈夫？　とレイラがリカルドを助け起こす。だがリカルドは彼女の姿も目に入らず、『魔王の種子』に犯されていくイシュメルを絶望的な表情で見つめた。

「あ――あ、あ、あ！」

それが、イシュメルの腹部にめり込むように埋まっていく。苦痛を感じているのか、その表情が歪んでいる。けれどリカルドにはそれがどこか官能的に見えた。

やめろ。イシュメルを犯すのはやめろ。それは俺の――。

(俺のだ‼)

「ああ――！」

「イシュメル――‼」

次の瞬間、衝撃が魔王城に広がる。壁に亀裂が走り、魔力の風で床や柱から砕けた破片が舞い上がる。『魔王の種子』をすっかり取り込んでしまったイシュメルは、その中で淡い光に包まれて宙に浮かんでいた。

「……魔王化する」

側でレギアの呟《つぶや》く声がした。

イシュメルの側頭部から角のようなものが二本生える。白い指先のあった爪が尖《とが》り、纏っていた黒い衣服は変形し、裾の長い漆黒のローブとなってイシュメルを包んだ。

そしてきつく閉じられていた瞼《まぶた》がゆっくりと開く。それを見た時リカルドは息を呑んだ。

「――――」

彼の黒い瞳は血のような紅い色に変わっていた。瞳孔は縦に。その紅い瞳はまさしく魔王の象徴であった。

「リカル…ド」

完全に魔王化する直前、最後のイシュメルとしての意思を振り絞ったのだろう。魔王となって尚《なお》も美しい彼は、その瞳から涙を一筋流してリカルドを呼んだ。

「約束…を、俺を、殺しに……き」

「イシュメ――――」

リカルドは最後まで彼の名を呼べなかった。

次の瞬間、空間が捻《ねじ》れたように周りがぐにゃりと撓《たわ》み、激しく突き飛ばされたような衝撃と共に身体が吹っ飛ぶ。

「ぐうっ……！」

地面に叩きつけられたような感覚がして、リカルドは思わず呻《うめ》いた。それは他の仲間達も同じだったらしい。あちらこちらから短い声が聞こえてくる。

ふと身体が外気に包まれたような感覚がして思わず目を開くと、リカルド達は魔王城の外にいた。

（転移させられた？）

イシュメルがやったことだろうか。彼は自分達を傷つけまいとして、あそこから吹き飛ばした――？

「見ろ。魔王城が形を変えていく。新しい主《あるじ》に合わせるように……」

アレウスの呆然《ぼうぜん》としたような声。視線の遥《はる》か先に聳《そび》えている魔王城は、まるで意思を持った生きもののようにその姿を変えていた。堅牢《けんろう》な牢獄のようだった最初の姿から、茨《いばら》を身に纏い、窓という窓に格子を嵌《は》め、まるでこちらを拒絶するような外観になってゆく。

「魔王を斃したら、『世界の罪咎』を取り込む者が次の魔王になるんだわ」

レイラが震える声で呟いた。リカルドは拳で思い切り地面を叩く。

「……クソッ‼」

そんなことがあるか。

あんなに優しいイシュメルが、次の魔王だと⁉

「ありえねえ……！　なんでそんなことになるんだよ‼」

「リカルド」

やりきれない感情を抑えられないリカルドを、アレウスが痛ましそうに見ていた。

「俺達、イシュメルを斃さなきゃならないのか？」

レギアは呆然としながら言った。レイラが無言で両手で顔を覆う。

――――約束してくれ、リカルド。

イシュメルの穏やかな声が脳裏に甦《よみがえ》った。

お前は、こうなることをわかっていたのか？

「すぐに、というわけではないだろう。生まれたばかりの魔王はしばらく眠りにつく。その間がつかの間の世界の平和というわけだ」

いずれ目覚めれば、新しい魔王は世界に君臨する。そして魔物を使役し、世界に混乱をもたらすのだ。それを止めるためにまた新たな勇者達が魔王に挑む。

「眠っている間に、殺してしまうということは……？」

「無理だ」

躊躇《ため》いがちに、おずおずと提案したレイラの言葉をアレウスが一蹴する。

「あの城を見ろ。今のイシュメルは、己の魔力のすべてを城を強化することに費やしている。彼がいるところまでとても近づけないだろう」

リカルドはたった今弾き出されたばかりのイシュメルの城を見た。

彼は今、眠りについたという。

目覚めた時、彼は本当に魔王となって罪を犯すのだろうか。

リカルドはゆっくりと立ち上がった。

「リカルド……？」

レイラが不安そうに呼ぶ。

「行こう」

そう言った時、仲間は驚いたようにリカルドを見上げた。彼らにはリカルドがあまりに早く気持ちを切り替えてしまったように見えたのだろう。今まで仲間だったイシュメルを、そんなに簡単に討つことができるのだろうかと。

「何か方法を考えねえと。『魔王の種子』に取り憑《つ》かれないための」

自分はイシュメルと約束したのだ。もしも魔王になってしまったら必ず殺すと。

だが『魔王の種子』が現れてしまったらまた同じことの繰り返しになる。それでは意味がないのだろう。

「……方法はひとつだけある。宝剣ガイアゼルを手に入れるんだ。それであれば、『魔王の種子』をイシュメルの中に留《とど》めたまま斃せるかもしれない」

「やっぱそれしかねえか」

北の山中の奥深く、氷の台座にひっそりと突き刺さっている宝剣ならば、魔王の力を相殺できる。

「でもリカルド、本当にできるの？　イシュメルを殺すだなんて……」

「お前さっき、寝てる間に殺せないかとか言ってたじゃねえか」

「そうだけど！　でも、あなたにできるとは思えない……」

レイラはふいと顔を背けて言った。彼女は気づいていたのかもしれない。旅の間にリカルドがイシュメルに向けていた気持ちを。

「できるさ。あいつが言ったんだ。もし魔王化したら、俺に自分を殺せって」

イシュメルの望みならば叶《かな》えよう。どんな困難が待っていたとしても、宝剣ガイアゼルを手に入れよう。

（だが、それだけじゃ終わらねえ）

リカルドはもうひとつのことを、胸に秘めていた。

長い、長い夢を見ていたような気がする。

それは決していい夢だけではない。泣き叫びたくなるような悪夢も、あるいは懐かしさに涙を零《こぼ》してしまうような夢も代わる代わるに見ていた。

深い闇の底にずっと落ちていたような気がする。意識を別の何かが乗っ取って、表に出ている自分はずっと罪に手を染めていた。

イシュメルは、『彼』が来るのをずっと待っていた。

深淵に堕《お》ちたイシュメルを、彼が――リカルドが、殺してくれる。そう約束した。配下の魔物に傅《かしず》かれても、イシュメルはずっと一人で待っていた。その日が来るのを。

待って、待って、待ち続けて、ようやくその日がやってきた。

（これでやっと終われる）

自分はもはや咎人だ。行く先は地獄だろう。それでよかった。最後に、あの男に殺されるのなら。

月の世界の住人のような魔族の自分とは違って、彼はまさしく太陽神のような男だった。金色の髪が陽にきらめくのを目にする度、なんど眩《まぶ》しくて目を眇《すが》めたかわからない。

（ずっとこの旅が終わらなければいい）

そんなふうに思ってしまったから、罰が下ってしまったのだろうか。

それでも彼と口づけられれのは嬉しかった。どんな結果になっても、もうこれで思い残すことはないと思った。

すべての罪咎を我に。

それが自分にできるすべてのことだった。


「――――……」

イシュメルは目を開けた。

ここはどこだろう。見覚えのない部屋で横たわっており、そこには誰もいない。

（ここは地獄なのか）

部屋は寒々としていたが寝ているベッドはあたたかく、どこも痛くはなかった。そして何より、自分の身体に現実感がある。魔王化していた時はずっと、自分の精神がどこか暗い部屋に閉じ込められていたような感覚があった。だが、今はそれがない。イシュメルは軽く混乱し、息をつきながら自分の顔を手で覆った。ふと気づくと、尖った爪のない指先が目に入る。

「――――!?」

反射的に頭の横を触ってみた。

角がない。

まだ力の入りにくい上体を起こすと、側に盥《たらい》が置いてあるのに気づく。中には水が入っていた。その盥に、イシュメルはおそるおそる自分の顔を映してみる。黒い瞳をしたイシュメルが自分自身を見つめていた。

「これは……」

いったいどういうことだろう。

自分は確かにあの時、宝剣ガイアゼルによって勇者に殺されたはず。宝剣の魔力が魔王としての自分を砕いた、あの感覚を覚えている。だがそうなれば、器であった自分も一緒に死ぬはずだ。ここは地獄ではない。では何故自分はこうしている――――。

その時だった。

「……っ!」

知らない記憶が勝手に流れ込んでくる。長い間心の奥底に封印してきたもの。固く蓋をしてきたものが蓋が外れたことによって、イシュメルの中に甦ろうとしていた。

イシュメルは動揺し、頭を抱える。

これは、何だ。

知っている。これはかつての自分が手放してしまったものだ。魔王として君臨するにはあまりに邪魔な記憶だったから心の奥に追いやった。それが静かに溢れて来ようとしてくる。

そこまで思い至った時、部屋の扉が開いて誰かが入ってきた。

「イシュメル」

名を呼んだ声には覚えがある。イシュメルは恐る恐るそちらに顔を向けた。男が一人立っている。彼は瞠目《どうもく》してこちらを見ていた。

「イシュメル‼」

男は扉の前から走ってきて、イシュメルを抱きしめた。

「イシュメル――――イシュメル、よかった。もう目を覚まさないんじゃないかと思った……！」

「……誰だ？」

目を覚ます前、夢を見ていたような気がする。だがそれは覚醒と同時にどこかへ霧散してしまった。自分を抱きしめている男を知っているはずなのに、思い出せない。イシュメルがそう尋ねると、男は苦しいほどの抱擁を解き、イシュメルの両肩を掴《つか》んでまじまじと目を合わせてきた。この強い視線には覚えがある。だが今はそれと目を合わせているのが苦しくて、イシュメルはふいと視線を逸《そ》らした。

「俺がわからないのか?」

「……ああ」

「自分のことは?」

「魔王イシュメル。だった者だ。今はどういうわけか人に戻っているようだな。いや、これは魔族か」

イシュメルは自分の手足を代わる代わる眺めた。

「お前が俺を殺したのか」

「……そうだ」

「お前は誰だ?」

「リカルド。お前の、仲間だった男だ」

「リカルド……」

イシュメルはその名を繰り返し、記憶の底を探ろうとした。だが厚い雲がかかったように探り当てられず、無理に思い出そうとすると目眩《めまい》がした。おまけに魔王だった頃の記憶も曖昧になっている。自分が誰なのかわからない。これほど不安定なこともないだろうと思った。

「俺はどうして生きている？」

「俺が蘇生《そせい》させた」

「……なんだと？」

だからか、と腑《ふ》に落ちた。蘇生魔術は禁断の術だ。使えるのは最高クラスの術者と、適性があるという点においては勇者も含まれる。この男は術者には見えない。

「ではお前は勇者か。そして宝剣ガイアゼルによって俺を殺した――」

「そうだ。お前はイシュメルだろう？」

「わからない」

「わからない？」

「蘇生させられたことによって、記憶と人格の混濁が起きているらしい。今の俺はお前の知っているイシュメルではないが、まったく違うとも限らない」

「……よくわからねえけど」

リカルドがドカリとベッドの端に座った。

「今は魔王とイシュメルが混ざり合ってるってことか？」

「そういうことだな」

そう嘯《うそぶ》いたが、イシュメル自身にもよくわかっていなかった。この意識と添うようにして、この男に対する思慕の念があることに気づく。そちらに意識を向けるとその意識がどんどん大きくなっていくので、イシュメルは慌てて切り替えた。

「そうか…」

リカルドは何か考え込んでいるようだった。

「何故、俺を蘇生させた？」

「決まっている。約束したからだ」

「約束？」

リカルドがふいに距離を詰めてきた。顔が近づいたかと思うと、唇が彼のそれで塞がれる。

驚きにイシュメルは瞠目した。

「ン――――」

唇を吸われると身体から力が抜けていくような感覚に襲われる。それはひどく心地よいものだった。だが同時に頭の中をかき回されるようで、身体が無意識に逃げを打つ。すると頭の後ろの髪を摑まれ、唇がもっと深く重なった。

「ン、ん――…」

びくん、と身体が跳ねる。舌を絡め取られて吸われると、頭の芯が甘く痺《しび》れた。

何だ、この感覚は。

知らない感覚はイシュメルを混乱させる。抑え込んでいる別の感情が、表層に浮かび上がりそうになる。

「っ……」

やめてくれ、とみっともなく零す前にリカルドは身を引いた。乱れた呼吸を整えながら目の前の男を呆然と見つめる。

「悪い。あんまり久しぶりだから、ついやり過ぎた」

イシュメルは何も言えなかった。自分とリカルドはそういった間柄だったのだろう。彼からは恐ろしいほどの執着を感じる。唇を合わせていた間だけでもそれが伝わってきた。

「……お前は、俺を蘇生させてその約束とやらを果たしたいのだろうが」

イシュメルは力なく呟く。

「もはや魔王でなくても、世界は私を許さないだろう」

魔王の記憶がない理由は蘇生のせいだけではないだろう。もとの魔族に戻った今、その記憶があることに耐えられないからだ。だがうっすらと覚えている。魔物を使役し、数え切れない人々を傷つけた。きっともう誰もイシュメルを許さない。

「そうだな。お前を蘇生させることに、仲間の全員が反対した」

それはそうだろう。蘇生させることによって、どんな危険が起こるかわからない。今のイシュメルの状態は偶然の幸運によるものに過ぎないのだ。仲間の声は正しい。

「だからお前を連れてこの館に入った。ここでお前に罰を与えようと思う」

「……何？」

イシュメルは顔を上げた。

「お前は俺に支配され、俺に愛される。そして悪いことをした罰を受ける。愛という名のな」

「愛だと？」

この男は何を言っているのだろう。

「俺はお前のことが好きだった。戦いが終わったらこの続きをすると約束していた」

「……それは気の毒なことだ。今の俺は『お前のイシュメル』ではない」

そう言い切るには自信がなかったが、あえてそう告げた。彼からは有無を言わせぬ圧が迫ってくる。弱い態度を見せては駄目だと思った。

「構わんさ。お前はお前だ」

「……何を根拠に、そんなっ……」

彼が愛しているのは魔王が混ざった自分ではない。それは同じ存在だと言えるのだろうか。

「お前も自信がないんだろう。自分が誰なのか」

「！」

リカルドの手がイシュメルの顎を摑む。晴れた空のような青い瞳に、どこか暗い炎が宿っていた。彼はイシュメル自身がわからないイシュメルの中を知っているかのようだった。

「俺はな、怒ってるんだよ。お前が勝手に命を懸けたことを」

イシュメルの中に記憶が甦る。魔王の城に行く前にさっきと同じように口づけを交わし、この戦いに生き残れたら、という約束を交わしていた。

だがイシュメルはその約束は叶わないかもしれない、と思っていた。だから彼にその時が来たら、自分を殺すように頼んだのだ。

「俺に……、俺に、お前を殺させやがって」

リカルドの怒りが伝わってくる。イシュメルが勝手に犠牲になったことを、彼はこの上なく怒っているのだ。

イシュメルはリカルドに死んで欲しくなかった。自分が犠牲になったとは思っていない。あの時はあれが最善の方法だったと思っている。

「お前は勇者だろう。俺への感情など、使命に比べたらどうということはないはずだ」

「……よくそんなことが言えるよな！」

「！」

リカルドは勢いよくイシュメルを押し倒した。

――罰、というのはこういうことか。

内心の動揺を極力見せないように、イシュメルは彼に告げる。

「リカルド。俺の中には『魔王の種子』が残っている」

あのまま、リカルドが自分を蘇生させなければ、宝剣の作用によって魔王イシュメルは『魔王の種子』と共に完全に消滅していただろう。

だが、今こうしてイシュメルは生きている。これがある以上、イシュメルはいずれ魔王として復活してしまうだろう。そんなリスクがある自分をこの男は愛そうというのか。

「……それでか」

リカルドは低い声で呟いた。彼は押し倒したイシュメルに着せた夜着の合わせを勢いよく開く。

「――――！」

イシュメルの白い下腹部。そこには紅い紋様が刻まれていた。臍《へそ》の下あたりに楕円形《だえんけい》の模様があり、その下と左右に植物にも似た記号とも絵ともつかないものが浮き上がっている。

禍々《まがまが》しくも美しいそれは、『魔王の種子』が存在していることを表していた。

「角や爪が消えてもこれだけは残っている。どうすりゃいいんだ？　これは」

リカルドは口の端に笑いを浮かべながら紋様を指先でなぞり上げる。びくん、とイシュメルの腰が揺れた。

「これも俺がなんとかしてやるよ」

「……無理、だ」

まるで愛撫《あいぶ》のように指を這《は》わされて身体が震えた。身を捩《よじ》って逃れようとしてもうまく身体が動かない。

「やめろリカルド。それに、触る…なっ」

「んん？　もしかして感じるのか？」

興が湧いたのか、リカルドは更に大胆に手を這わせてきた。すると下腹の奥がどくん、と脈打つような感覚が込み上げる。

「んんっ……！」

「癪《しやく》だが、まあいいか。俺もそこに這入《はい》るしな」

リカルドがベッドに乗り上げてきた。まさか、という思いにイシュメルが瞠目する。後ずさって逃げようとするが腕を摑まれて引き倒されてしまう。

「……っ」

身体に力が入らないのは蘇生したばかりだからだろう。思い通りにならない手脚に苛立《いらだ》った

イシュメルは自分を組み伏せてくるリカルドをねめつけた。

「……こんなことをしてなんになる。無意味だ」

「無意味かどうかは俺が決める」

男らしく整った顔が近づいてくる。イシュメルの脳裏に似たような場面が浮かび上がった。

――ああ、そうか。お前は。

それは昔の自分の記憶だ。彼と初めて口づけした時の。

「好きだ、イシュメル」

真摯と欲望がない交ぜとなった瞳に食らいつくように見つめられる。次の瞬間に乱暴に口づけられ、イシュメルは喉の奥でくぐもった声を上げた。

「ん…っ、ん、う」

熱く攻撃的な舌が口の中に捻《ね》じ込まれる。嚙みついてやればいいのに、腰を撫《な》で上げられると力が抜けてそれもできなかった。口惜《くや》しさにぎゅっと眉を寄せる。

リカルドの舌は喉の奥で縮こまっているイシュメルの舌を捕らえ、舌根が痛むほどにきつく絡め取って吸い上げてきた。頭の中がかき混ぜられるような感覚がする。

「は、は……っ」

口の端から唾液が零れた。彼は重ねる角度を変えて何度も口づけてくる。イシュメルの呼吸が乱れて胸が苦しくなった。けれどそれと同時に身体の芯が熱くなるのを感じる。

「ん、ふ…っ」

腰が震えてしまい、まずい、と思った。『魔王の種子』の影響で刻まれた淫紋が濃密な性の匂いを感じて反応している。下腹の奥がずくん、と疼《うず》いた。

「これだけでもそんなになるのか？」

リカルドが何を言ってるのか、最初はわからなかった。だがイシュメルはすぐに自分の身体に起こった変化に気がつく。脚の間が固く隆起していたのだ。

「あ……っ」

羞恥に身を捩り、リカルドの下から逃げようともがく。だがあれほど強大な力を誇っていたイシュメルが、今はまるで生娘のように抗《あらが》う手立てを持たなかった。

「よせ、離せ……っ」

「構わねえだろ。俺も同じだ」

リカルドはそう言って自身の股間をイシュメルに押しつけてくる。その存在感にびくりと身体を震わせた。それは岩のように固く、そして大きく、まるで彼の振るう宝剣のようだった。

「恥、知らずめ……っ！」

「お互い様だろうが」

リカルドは口の端を上げて獰猛《どうもう》な笑いを見せながらイシュメルの胸に口を寄せる。そして胸の上で息づいている突起をそっと舌でくるんだ。

「んあっ……」

まるで自分のものではないような甘い声が出た。興に乗ったのか、リカルドはそこを何度も舌で転がす。

「ふ、うっ…」

生まれるのは痺れるような甘い感覚。もどかしいような、じっとしていられないような刺激は徐々に強くなって、耐えられない感覚をイシュメルにもたらした。

「……なあ、魔王の時、こういうことってしなかったのか?」

「な、に…?」

「部下とかいたろ? そいつらとエッチなことしなかったのかって言ってんだよ」

「馬鹿な。するわけがない」

イシュメルは吐き捨てるように答える。魔王として君臨していた頃、リカルドが言うように、イシュメルに対し欲望の眼差《まなざ》しを向ける者もいた。彼らは欲望に正直だ。だがイシュメルは自分の身体を他者に明け渡すことはしなかった。それがどうしてなのか、今となってはわからないが。

「……ふうん、そうかよ」

その時、どこか怒気を纏っているようだったリカルドの気が少し和らいだのを感じた。

「それなら処女ってことだよな」

「戯《たわ》けたことをっ……」

「だってお前の反応があんまり初《うぶ》で可愛いからさ」

彼は笑いを漏らしながらまた胸の突起に舌を這わせる。今度は執拗《しつよう》に舌先で転がされたり、もう片方は指先で弄《もてあそ》んだりされた。イシュメルの身体はその度にピクピクと反応してしまう。

「……っ、ん、う…っ、は、あ」

声など出したくないのに勝手に出てしまう。我慢しようと唇を引き結んでいると、声を出せとばかりに乳首に歯を立てられた。短い悲鳴のような声を上げると、労《いたわ》るように優しく舐められる。

「あ、は…っ、んん、あ」

身体がどんどん熱くなってきて、リカルドに責められている乳首は固く尖り、うっすらと色づいてきた。

「気持ちいいか?」

「知ら、ないっ……」

そんなこと言えるわけがなかった。だがイシュメルの肉体はそれを表すように濡れ、震え、収縮を繰り返す。

「じゃあ、今度こっちな」

「ああっ……！」

舌で転がしているほうと指で弄《いじ》っているほうの乳首を反対にされる。微妙に違う刺激を与えられてイシュメルは戸惑った。

「膨らんできたじゃないか」

「んんん…っ」

イシュメルの乳首は刺激を受け続けて立ち上がり、今にも弾けそうに腫れてくる。乳暈《にゅううん》ごと膨らんだそこにそっと舌を這わされると思わず喉が仰《の》け反《ぞ》った。

「あ、やめっ……！」

「いい感じにやらしくなってきたな」

イシュメルは嫌々とかぶりを振る。快楽を受け続けた胸の突起は甘く痺れきり、その感覚が身体中へと広がっていった。そしてどういうわけか、刺激されているのは胸なのに、腰の奥や股間にまで快感が走るのだ。

「ふ、ん…っ、んんっ……！」

このままではまずい。それなのに、身体が言うことをきかない。

「リカルド……っ、リカルド、俺に何をした…っ」

「うん？」

リカルドはイシュメルの乳首を咥《くわ》えたまま、視線だけを上げて見た。

「俺に、何か術をかけたろう…っ。魅了の魔法か、それに準ずる、発情の……っ」

「……いや？」

嘘だ。そうでなければ、こんな。

そう告げると、リカルドは何故かひどく嬉しそうに笑った。

「てことは、今お前は俺に魅了されたか、発情してるんだ？」

「――――っ」

結局はそういうことになる。イシュメルはそれに気づかなかった。顔が真っ赤になり、羞恥に身を灼《や》く。

「嬉しいよ」

「ん……っ」

乳首を指先でくにくにと揉《も》まれ、背中が仰け反った。甘い吐息が思わず漏れる。腰の奥から込み上げる快感が自身の手に負えないほどに大きくなった。

「っ、あ、あっ！　や、やめ、あっ！　んん、んう――〜…っ！」

体内を暴れ回る熱が一気に弾けて快感がぶわっ、と広がっていく。指の先まで犯すそれに到底抗えず、足の爪先がぎゅうっと内側に丸まった。

「……っ、く、ふ…っ」

自分の身体に何が起きたのかもわからず、イシュメルはシーツの上に身体を投げ出した。その時、下肢に妙な感覚を覚え、頭を起こしてそちらを見る。

イシュメルの股間のものは自身の白蜜で濡れていた。胸を弄られただけで達してしまったのだ。

「んんぁっ」

リカルドが尚も乳首に舌を這わせてくるので、イシュメルはたまらずに声を上げる。

「も、もう、やめろ、そこは…っ」

「イシュメル」

リカルドはイシュメルの力の入らなくなった身体を押さえ込みながら言った。

「お前に俺を拒否する権利はないんだ。お前はここで俺に身体を開いて、罰を受け続けるしかない。でも安心しろ。苦痛を与えるつもりはないから」

快楽だけを与えて、俺なしではいられないようにする。

リカルドはそう言って、イシュメルの両脚を大きく開いた。その間に顔を埋め、放った白蜜を舌先で舐めとる。

「ん、う、ううっ！」

腰骨がカアッと灼けつくような刺激が襲ってきた。濡れた肉茎を咥えられ、じゅう、と音を立てて吸い上げられる。

「あ、あああぁあっ」

強烈な快感は身体の芯が抜き取られるかのようだった。腰を引いて逃げたくとも、彼にがっちりと押さえられているので逃げられない。敏感な場所にぬめぬめと舌を這わされて唇が震える。

「ああっ、んあ、あ、こ…こんなっ…！」

そんな場所をリカルドに舐められるだなんて。その事実がイシュメルを更に昂《たか》ぶらせる。羞恥と、そして探し当てられた被虐がない交ぜになり、身体が炎に包まれたように熱くなった。

リカルドはイシュメルのものを吸いながら裏側に舌を這わせていく。根元から何度も舐め上げられてイシュメルはもう泣き喚《わめ》きたくなった。脚の付け根が不規則に痙攣《けいれん》を繰り返す。

「は、あ、は、ああ……っ」

「気持ちいいだろ」

イシュメルは必死で首を横に振った。ここで認めたらこの男に屈服してしまうことになる。

「よ…くなんか、な、あ、ああぁ…っ」

我慢しようと思っているのに腰が浮いてしまう。先端の丸い部分を舌で擦られてしまい、上体を大きく反らせて喘《あえ》いだ。

「意地張ってんなあ。まあいいぜ。がんばってみろよ。よくないならイったりしないよな?」

「―――…っ」

イシュメルは自分が彼の術中に嵌まってしまったことに気づく。だがもう遅かった。彼はますます執拗にこの肉体を追いつめようと淫らな愛撫を施してくるのだ。

「や…う、う、ああっ、んんぁあ……っ」

先端の蜜口はひっきりなしに蜜をあふれさせている。その小さな孔にリカルドの舌先が捻じ込まれ、鋭敏な場所をぐりぐりと穿《うが》ってくるのだ。

「ひ、い、〜〜〜っ!」

強すぎる刺激にイシュメルはひとたまりもなく達してしまう。そそり立った屹立《きつりつ》の先端から白蜜を弾けさせ、それはリカルドの口の中に放たれた。

「ふうあぁぁあっ」

彼の喉が上下し、イシュメルが放ったものを飲み下す。それに気づいて思わず濡れた瞳が瞠目した。

「っ、お前、何を……っ」

「何って、飲みたいから飲んだ」

あまりに当然のように答えるリカルドが信じられなかった。この男はいったい何を考えているのだろう。彼はイシュメルに怒っていると言ったが、それは憎しみではないのだろうか。

「……っ俺を辱《はずかし》めるなら、そんなことはしなくていいはずだっ……！」

「辱める？」

そう言いながら、彼は勢いよく自分の衣服を脱ぎ捨てた。鍛えられた見事な肉体がイシュメルの目に飛び込んでくる。そしてその股間に聳え立つものは天を突き、まさしくイシュメルを断罪する凶器のようだった。

「そんなことするわけないだろう、俺が」

「あっ！」

双丘の奥を弄られ、リカルドの長い指が後孔の入り口を探り当てる。肉環をこじ開けられて、それがぬぐ、と押し這入《い》って来た。

「んう…っ」

「……濡れてるな」

リカルドに蘇生させられた身体は、彼を受け入れやすいようにか自ら準備を始めていた。

彼が指を動かす毎にくちゅくちゅと音を立てる。そして内側の壁を撫でられ、腹の中がじわあっ、と熱くなっていった。えもいわれぬ快感が同時に湧き起こり、肉洞が彼の指を締めつけ、絡みつく。

「これはどうだ？」

「や、うっ、……っ、あ、あっ」

「よさそうじゃねえか。今、いいところ探してやるからな」

いいところ？　と刺激に閉じていた目をふと開けた次の瞬間、イシュメルの中を強烈な快感が突き上げた。

「あんんうっ！」

リカルドの指が内壁のどこかに触れている。そこを擦られる度に、どうしようもない快感が込み上げてくるのだ。

「う、ん、あぁあっ、あっ！」

聞いたこともないような声がイシュメルの口から漏れる。リカルドの指で内側をくすぐるように愛撫され、時折ぐぐっ、と押されると取り乱すように悶《もだ》えてしまった。

「ああっ…、ん、あああ…っ！」

堪《こら》えなければと思っているのに、気持ちよさそうな声が出てしまう。リカルドが与えてくる快感に溺れそうだった。身体と裏腹な意思――――いや。

（気持ちまで、引きずられてしまってっ……！）

「ああっ！　あっ、――――…っ‼」

びくん、びくんと肢体が跳ねる。

リカルドの指戯によってイシュメルは後ろでも達してしまった。引き締まったなめらかな腹部に白蜜が飛び散っている。

「はっ、は……っ」

身体に力が入らない。イシュメルは涙の膜の張った瞳でリカルドを見つめた。

「……そんな顔するなよ。ますます苛めたくなる」

リカルドはうっそりと笑った。その表情を見て、イシュメルの胸の奥が締めつけられる。きっと、彼にこんな顔をさせたのは自分のせいだ。

（ならば、俺は罰を受ける必要があるのではないか――）

しなやかに伸びた脚がリカルドに抱え上げられて双丘を持ち上げられる。彼自身の切っ先を後孔の入り口に感じてイシュメルは息を呑んだ。たった今イかされたばかりの場所がひくひくと震える。

「……っあ、っ」

挿《い》れられる。そう思った時、後ろがぐぬ、とこじ開けられる感覚がした。

「あっ、あっ…！」

「味わえよ、俺を」

凶暴な男根が思い知らせるように侵入してきた。一番太いところを入り口から呑み込み、熱くうねる肉洞へと這入ってくる。

「ああ――……っ！」

脳天まで突き抜けるような快感に嬌声《きょうせい》を上げた。リカルドによって蘇生された肉体は彼の望みを内包したように敏感になっていて、イシュメルはそれだけで達してしまう。

「あ、あっ、あああっ……！」

「ほら、イってる場合じゃねえぞ？」

リカルドは煽るように腰を使ってきた。絶頂で収縮を繰り返す媚肉《びにく》を振り切るように中を擦り、奥へと侵攻してくる。

「あっ、こ、のっ……！　んんぁ、ああ…っ！」

苛められ、責められる屈辱と快感がない交ぜとなって涙が浮かんだ。それを舌先で舐めとられ、また口を吸われる。

「ふ、ん、んんんっ……！」

強引に舌を絡め取られて吸われ、頭の中がかき回されるようだった。思考が白く濁っていく。同時に中を彼のもので突き上げられ、くぐもった喘ぎが喉から漏れる。

「んっ…、あ――…っ、あっ」

わななく内壁を逞しいもので擦られ、突き上げられるのが途方もなく気持ちがいい。リカルドが動く毎にぐちゅん、ぐちゅんと卑猥《ひわい》な音が響くのが恥ずかしく、また昂ぶってしまうのだ。

「ここ、どうだよ…? 吸いついてくるぞ?」

「あ、あ、ひ…い」

弱い場所を小刻みに突かれて何度も喉を仰け反らせた。今のイシュメルは、肉体の主導権を完全にリカルドに握られている。悔しい。だが抗えない。

「そ、そこ、や…あ、突かないで、くれっ」

「お前なあ……」

彼は呆《あき》れたようにため息をついた。

「そんなの、してくれって言っているようなものじゃねえか」

「ああああっ！」

奥の我慢できない場所をずん、と突き上げられ、イシュメルは悲鳴を上げる。無我夢中で腕を伸ばすと、苦しいほどに抱き竦《すく》められた。

「イシュメルっ…！」

「あう…あっ」

「好きだ…、もう離さない」

快楽に朦朧《もうろう》となった頭の中に、切羽詰まったような声が響く。それはイシュメルの中に深く降り積もり、忘れかけていた思いを浮かび上がらせそうになった。

――――リカルド。

魔王であった記憶と混ざり合った自分。その記憶が現在のイシュメルを苦しめる。

「今のお前がどうであっても、もう逃がさないからな」

覚悟しておけ、と熱く、呪いのような響きで囁《ささや》かれる言葉。それらはイシュメルの背筋を舐め上げ、ぞくぞくとした愉悦を呼び起こさせた。

「ふあ、ア、あ、い、イっ…く、――――～っ！」

「ぐっ…！」

体内の奥深くにリカルドの熱い精が叩きつけられる。その感触にもまた達してしまい、イシュメルはリカルドに征服されたことを思い知らされた。

「――――ようアレウス。久しぶり」

「リカルド」

リカルドが訪れたのは中規模のサデュースという町だった。魔王城から馬で一日もあれば着く場所だ。リカルド達が魔王――イシュメルを討伐する前は、この町は人がすっかり逃げてしまっていて寂しい場所だった。だが今は人が戻ってきており、だいぶ賑《にぎ》わいを取り戻している。

リカルド達のパーティーの仲間、賢者であるアレウスはこの町に逗留《とうりゅう》していた。三十代半ばの、いかにも賢者らしい学者肌の男だった。穏やかな瞳の中には英知の光が宿っている。

「元気してたか？」

「ああ。町の皆も親切にしてくれる」

「そりゃよかった」

アレウスが住んでいるのは町の通りから少し離れた静かな場所だった。彼はここに工房を構え、薬草や魔法書の研究をしているらしい。

リカルドは勧められた席に着き、背中の宝剣を降ろした。壁に立てかけた時のゴトン、という重たげな音が響く。

「皆、お前の心配をしている」

「俺の？」

他のパーティーの仲間、レギアとレイラのことだろう。彼らもこの近くにいると聞いた。

「何で」

「……あの時、俺達は皆反対したな。イシュメルを蘇生させることを」

リカルドの前に茶が置かれた。

「酒がいいな」

「まだ昼間だ。文句を言うな」

窘《たしな》められ、リカルドは肩を竦めて茶碗に口をつける。この男が出すのはいつも苦い薬茶だ。身体にいいと言うが、その味に辟易《へきえき》して顔を顰《しか》める。

「この間、あいつが目を覚ました」

「イシュメルがか」

「他に誰がいる」

八年前、自分達はイシュメルを含めた五人で魔王城に赴いた。もちろん魔王を斃すためだった。だがそこでイシュメルは魔王の遺骸から湧き出た『世界の罪咎』を取り込み、自らが魔王化した。そして魔王となったイシュメルを討伐したのがつい一ヶ月前だ。

「リカルド、何度も言ったはずだ。それは危険な行為だと」

「あいつがまた魔王化する確率っていうのはどれくらいなんだ」

「そんなこと正確にはわからんよ」

アレウスはため息をつきながらかぶりを振る。ただ、と彼は続けた。

「彼の中に『魔王の種子』がある以上、それはいずれ高確率で起こる。以前に話した通りだ」

「……」

黙り込むリカルドに対し、アレウスは諭すように話す。

「彼は私たちと共に魔王討伐に向かった仲間だ。私たちとてイシュメルを殺したくはなかった。しかし……、仕方のないことなんだ」

「ああ、わかっている」

魔王を斃した者が次の魔王になる。そんなシステムがあったなんて知らなかった。リカルドが宝剣を手に入れなければその残酷な仕組みは延々と続けられていただろう。

「わかっているなら、今からでも遅くない。イシュメルを殺すんだ。まだ力を失っているうちに」

「――アレウス」

リカルドの口からひどく冷ややかな声が出た。

「その言葉は二度と言わないでくれ」

「……」

「お前が教えてくれたんだろ？　『魔王の種子』を消滅させる方法を」

「あんなものは与太話にすぎん。だいたい本気にしているのか。そんな――」

「とりあえず俺はやったぜ。イシュメルを抱いた」

そう告げるとアレウスは絶句した。

『魔王の種子』が陣取っている腹の中を欲望の精で満たす。そうすれば消えるかもしれないと」

「……お前達が思い合っているのは知っていたが、しかし……、今のイシュメルは、お前が好きだった彼ではないぞ。魔王の思考に染められた別人だ」

「俺はそうは思わない」

リカルドはきっぱりと言った。

「そのうちきっと、元のあいつに戻る」

「――そうか。お前がそう信じているのなら、私はもう何も言わないよ。思うようにやってみるといい」

アレウスは諦めたような、呆れたような表情を浮かべながら言う。リカルドはニヤッと笑った。

「だが、レイラはまだ文句がありそうだがな」

「レイラ？」

仲間のうちの紅一点のシスターであるレイラのことだろう。

「気づいていただろう？　レイラはお前のことが好きなんだよ」

「いや、全然知らねえ」

リカルドが首を振ると、アレウスははあ、と息をついて頭を抱えそうになった。

「私も、諦めろとは言っていたんだけれどね」

レイラはいい奴だ。回復士としての実力も申し分ない。リカルドも仲間として気にいっている。だがそれは同じ仲間であるアレウスやレギアと同じようなもので、彼女だけが特別だというわけではない。

「あいつ可愛いんだからいい男なんかすぐ見つかるだろ」

「お前ねえ……」

アレウスは今度こそ頭を抱えた。が、すぐに切り替えたようにパッと顔を上げる。

「まあこればっかりは仕方がない。誰が誰を好きになろうとそれは自由だ」

けれど、と彼は続けた。

「リカルド、お前の進む道は険しい。それは覚悟しておくように」

「今までだって険しくなかったことなんてあったかよ」

「……確かにそうだ」

これまでの道のりは困難の連続だった。旅に出る道のりも、宝剣を手に入れる時も、イシュメルを殺すしかないとわかった時も。

だがリカルドは勇者だ。勇者とは困難を克服する者。

「世界を救ったんだ。褒美くらいもらったっていいだろ」

「お前のがんばりは皆わかっているつもりだよ、リカルド」

アレウスの言葉にリカルドはふっ、と微笑む。それから薬茶を飲み干し、立ち上がった。

「また来るよ」

「ちゃんと毎月来るんだぞ、ここに」

「ああ、必ず」

アレウスはリカルドに一月に一度ここに来て報告をするように約束させたのだった。ちゃんと来る自分も律儀だとリカルドは思う。

アレウスの家を辞して、町の通りをぶらりと歩いた。あちらこちらから店の者と客の元気な声が聞こえてくる。この町も、少し前までは人がおらず寂れていた。魔王の城から一番近い町だったからだ。リカルド達がイシュメルを討伐したのでまた賑わいが戻った。

「リカルド様!」

とある店から声がかかる。

「リカルド様、うちの干し肉持っていってくださいよ」

「うちの野菜も！」

「果物いかがですか」

町に来たついでに買い出しをしていこうかと思っていたのだが、ほとんど金を使わないでだいたいの物資が揃ってしまった。皆リカルド達に感謝している。

「魔王がいた頃は、町のすぐ側まで魔物が徘徊《はいかい》していたりして、とても危険だったんです。リカルド様達のおかげで遠出もできます。ありがたいことです」

「……ああ。そりゃよかった」

薬屋の店主の言葉に、リカルドは曖昧に笑う。

魔王は討伐せねばならない。あれは存在するだけで世界に仇をなす存在だ。だからリカルドは、イシュメルの胸に宝剣を突き立てた。その心臓が動きを止めるのを確かに感じた。

町の住民に、今自分がその魔王を蘇生させて囲っていると告げたらどんな反応をするだろう。

リカルドは度々そんな衝動に駆られてしまう。

「リカルドじゃない」

ふいに背後からかけられた声に、リカルドは振り向いた。

「何だ、レイラか」

「何だじゃないでしょ。町に来るなら声をかけてよ」

そこに立っていたのは仲間のレイラだった。シスターの彼女は回復役としてパーティーに貢献した。リカルド自身も、彼女の法術で何度助けられたかわからない。

亜麻色の髪と、同じ色の瞳。可憐な顔立ちだが、その瞳の中には毅然とした意志の強さが宿っている。

「レイラさん、毎度」

「こんにちは、ヨルドさん。薬を納めに来ました」

レイラは籠一杯の薬を薬屋の店主に渡した。ヨルドと呼ばれた店主はそれを受け取ると、何枚かの銀貨をレイラに渡す。

「いつもありがとうねレイラさん。上等の薬をこんな安い値段で卸してもらえて、大助かりだよ」

「いいんです。まだまだ大変でしょう?」

レイラはまだ復興途中にある町の薬屋に自分が調合した薬を卸しているらしい。それも良心的な価格で。

「レイラさんの薬はよく効くって評判だよ。さすがは一流のシスターだね」

「それはよかったです」

二人で薬屋を出ると、レイラはリカルドの腕を摑んで引っ張った。

「おい、何だよ」

レイラはリカルドを建物の陰に連れて行くと、腕を離して向き直る。

「何だじゃないでしょう?　ずっとあそこに籠もっているの?　その……、彼と一緒に」

彼、というのが誰を指すのかは言わずもがなだった。

「ああ、もちろん」

「リカルド、わかっているわよね、彼は……」

「またいつ魔王化するかわからねえって?」

そう言うとレイラは気まずそうに黙り込む。

「そうならないようにしている」

「……あのねリカルド。こんなこと言いたくないけれど」

レイラは一瞬言い淀《よど》んだが、やがてきっぱりと顔を上げて言い放った。

「もしも彼がまた魔王化してしまったら、あの時命がけで戦った私たちの努力が無になるっていうことなのよ」

「あいつが何で魔王になったと思う。世界中の罪と咎をその身に引き受けたからじゃねえか」

「わかってるわよそんなこと!」

レイラは決して非情な女ではなかった。町の人のためといってたいして儲《もう》けにもならない薬をわざわざ作って持ってくるという善良な人間だ。それが、仮にも一緒に旅をしてきた仲間を切り捨てるようなことを言う。

――いや、執着して、私情で動いているのは俺のほうか。

リカルドとてわかっていた。自分がいかに危険なことをしているのか。

「でも、仕方ないじゃない。そうしなければ、もっと多くの人が……」

「そうだな。だから俺はこの手であいつを殺した」

そう、実際に彼を殺《あや》めたのはリカルドだ。蘇生させることは決めていたが、うまくいくとは限らない。二度と目を開けない可能性も充分にあった。

「……ねえ、リカルドはわかっているんでしょ、私の気持ち」

レイラの表情に浮かんだ薄く悲しげな笑み。彼女が自分に対して好意を向けているということは先ほどアレウスから聞いて初めて知ったが、リカルドにとっては彼女は仲間だという位置づけでしかない。そんな彼女を前にしても、リカルドは気持ちを揺らすことはできない。

「だからこんなことを言っているんだと思ってる？　馬鹿にしないで。私がシスターになったのは大勢の人を助けたいと思ったから。そのためには、絶対に魔王は復活させてはならないの。勇者の称号を持つあなたが、どうしてそんなことがわからないの？」

「俺がどんな目的で魔王を討伐しても、それは俺の目的だ」

「……ええ、そうね。あなたはそういう人」

レイラは困ったような笑みを浮かべた。

「すまない」

「いいのよ。……とは言えないけど。でも忘れないで。私じゃなくてもいい。何かあったら仲間に相談して。早まったことはしないでね」

「ああ、そうするよ」

気丈な彼女はそう言い残して去って行った。リカルドは一人ため息をつく。

往来に戻ると、そこには賑やかな人の営みがあった。

俺がしているのは、ここにいる人達をすべて裏切ってしまいかねないことだ。

知っている。わかっている。

それでも俺は、この選択肢以外は選べなかった。

リカルドは踵《きびす》を返し、彼がいる場所へと戻っていった。

——ここも駄目か。

自分が外に出ることを拒絶する結界の存在を感じ、イシュメルはため息をついて扉から離れた。

リカルドが町へ物資の調達に行くと言って出かけたので、イシュメルはここから出ることができないかと部屋から出てあちこち歩き回ってみた。だが開口部という開口部に彼が施したと思われる結界が張られており、リカルドがイシュメルを絶対に逃さないという意志が感じられた。

どのみち、今の自分ではこれよりも弱い術すら破ることはできないだろう。今はまだ諦めたほうがよさそうだった。

——記憶が。

時間が経《た》つにつれ、『イシュメル』としての記憶が少しずつ蘇《よみがえ》りつつある。水面にひとつずつ浮かび上がるように思い出されるそれは、いずれも他愛ないものだった。

最初に思い出したのは、初めて彼と出会った記憶。

イシュメルは人里離れた山の奥に住んでいた。ほとんど誰からも忘れられているような小さな集落。そこに訪れたのが、リカルドだった。まだ旅を始めたばかりだったらしく、仲間は誰も連れていなかった。

外見は今とあまり変わりないが、瞳の中に好戦的な光を隠そうともしていない。どこか無鉄砲な若い危うさがあった。

「ここに優秀な魔術師がいるって聞いたんだが」

イシュメルが生まれ育った村は魔術の研究を主にしていた。魔族は魔法に長《た》けている。けれどそれ故に魔に取り込まれやすく、闇に堕《お》ちる者も少なくはなかった。

「イシュメルってのはお前か。この村で一番強いんだろう?」

一緒に来てくれ、と彼に請われた。

これまで村の人間以外の者をほとんど目にしたことがなかったイシュメルは、突然目の前に現れた彼に戸惑った。リカルドは鮮烈で、その光を纏《まと》ったような姿は一度見たら忘れられそうになかった。

「無理だ」

イシュメルは首を横に振った。

「この村の奥に大蛇を封じている祠《ほこら》がある。俺はそれを守らなくてはならない」

ずっと昔からこの地では大蛇が暴れており、それを封じたのはイシュメルの先祖だった。父と母はその大蛇がもたらす瘴気《しょうき》が元で亡くなっている。才能があると言われたイシュメルだけがその封印の祠を守って来れた。だから自分がここからいなくなるわけにはいかないのだ。

そう説明すると、リカルドは少し考えて、「なら、その蛇を斃《たお》せばいいんだな」と言った。

「そんなことが簡単にできるわけがない」

「なんでだ。お前と俺が力を合わせりゃどうにかなると思うが」

そんなふうに言い切る彼を前にしても、イシュメルは動くことができなかった。子供の時からこの封印を守れと教えられてきたのだ。ましてや両親はその封印から出る瘴気で死んだ。とてもどうにかできるものではない。

「そう思い込んでいるだけじゃねえのか」

リカルドはそう言った。そして尚《なお》も決心がつかずにいるイシュメルを前にして、彼は「じゃあ俺が蛇を斃してやる」と言ったのだ。

「無理だ、そんなの」

「無理だって思ってたら絶対に無理になるぜ」

リカルドはそう言って剣を担いで一人祠へと向かってしまった。イシュメルはその後ろ姿を呆然《ぼうぜん》と見送る。

『イシュメル、お前なら祠の封印を守れる。大蛇を斃そうなどと考えるな。私たちの役目は祠を守ることだ。後は頼んだぞ』

そう言って父は亡くなった。以来イシュメルは、一人きりで祠の封印を守り続けている。自分が死ぬ時は命を媒介とした封印魔法を施そうと決めていた。自分の魂は永遠にそこに縛りつけられるが、大蛇が暴れ出さないようにするにはそれしかないと思っていた。

自分に安息は訪れない。それでも、それが役目なのだからと自分を納得させていた時、リカルドが目の前に現れた。

村人は異物である彼を煙たがった。あんなよそ者の言うことに耳を貸すなと言ってくる者もいた。けれど彼らはイシュメルの犠牲によって自分達の安寧を享受しているだけだ。

イシュメルはいてもたってもいられず、杖《つえ》を持ってリカルドの後を追った。祠へ向かうと、大きな破壊音が聞こえてくる。それに混じっているのは恐ろしげな咆哮《ほうこう》。

(封印が解けたんだ)

リカルドが戦っているのだ。彼は無事だろうか。

イシュメルがそこに駆けつけた時、彼は大蛇によって身体《からだ》を締め上げられているところだった。このままでは全身の骨が砕けて死ぬ。

そう思った時、イシュメルは大蛇に魔術で攻撃していた。リカルドが解放される。

「大丈夫か。何て無茶を……」

「よう。絶対に来ると思ってたぜ」

口元に滲む血を何てことのないように拭って、リカルドは不敵に笑った。

「本当に俺が来ると思っていたのか」

「半々かな。賭けだと思った。けど俺はこの手の賭けに負けたことがないんだよ」

その言葉にイシュメルは呆《あき》れた。何という男なのだろう。

「じゃ、あいつをぶっ倒そうぜ。それでお前は自由になるんだろ」

「――――」

目の前に立ちはだかる大蛇。それはイシュメル自身を縛りつけていた鎖だ。

――それを断ち切る。

剣を構えるリカルドの横で、イシュメルは杖を握りしめたのだった。

大蛇を斃したことにより、イシュメルはお役御免となってリカルドの旅に同行することになった。そこからレギア、アレウス、レイラと仲間が増えていったが、その道程はこれまで村から出たことのないイシュメルにとっては何もかもが新鮮であり、その思い出のすべてにリカルドがいた。

イシュメルの人生の半分はリカルドが作ってくれたと言っても過言ではない。

――だから、彼に殺されるのならそれでもよかった。

『世界の罪咎《つみとが》』を取り込んだ時、それまでの魔王の記憶も共に流れ込んできた。その思念に侵され、イシュメルはそれまでの記憶をすべて失った。人としての意識を持ったままでは、魔王として君臨できないからだ。

（俺はどれだけの罪を犯したのだろうか）

イシュメル自身が人を殺《あや》めたことはなくとも、魔王が存在するだけで各地の魔物達が活発化し、人を襲う。あるいは天災が人里を呑《の》み込む。

それだけで、いったいどれほどの人が涙を流したことだろう。

リカルドが宝剣でイシュメルを殺してくれたおかげで、『世界の罪咎』は中和され、もう誰も魔王にならなくてすむようになった。それはリカルド達の功績であり、彼らは世界の英雄なのだ。

だから彼はこんなところで、自分に構っている必要などない。

彼が望めば、たとえ一国の姫だって娶《めと》ることができるだろう。

「――イシュメル」

はっと気がつくと、部屋の入り口にリカルドが立っていた。

「今戻った。変わったことはなかったか？」

「リカルド……」

「二日も留守にして寂しくなかったか?」

リカルドはイシュメルに近づくと、髪を撫《な》でて頭を引き寄せる。唇を熱いそれで塞がれた時、どういうわけか安堵《あんど》した。彼がここに帰ってきてくれてほっとしているのか。何故《なぜ》。

「んん……っ」

リカルドの口吸いは次第に濃厚になっていった。舌を引き出され、しゃぶられ、イシュメルの思考がかき乱される。そのまま流されそうになるのをやっとのことで押し留《とど》め、彼の胸を両手で押し返した。

「何だよ」

不満そうな彼の声。

「お前、この屋敷の中を出ようとしたな? 結界に触った跡があった」

リカルドの口の端が引き上げられる。

「逃げようとしたのか? 俺から」

「あっ」

背後の寝台に押し倒された。両脚を割られ、リカルドの身体にいとも簡単に組み伏せられる。

「……やめろ」

抗《あらが》う声に力はなかった。たった二日、彼に触れられないだけで肉体の芯に火が灯《とも》る。下腹の淫紋が疼《うず》くのがわかった。

「俺から離れようとしたなんて悪い奴《やつ》だ、イシュメル――――。お仕置きしないと駄目か？」

楽しそうな囁《ささや》きが耳に注がれる。イシュメルの背筋にぞくぞくとさざ波が走った。それは官能の波だ。

「リカ…ルドっ」

「俺はお前が側《そば》にいなくて寂しかったってのにな……。でも、お前ももうこんなだぜ？」

そう言ってリカルドが自らの股間をイシュメルのそれに擦りつけてくる。

「んん、あっ！」

その瞬間イシュメルは瞠目《どうもく》した。固い布越しに感じるリカルドのもので刺激された自身のそれもまた熱く兆している。リカルドが軽く腰を揺すると、そこからはっきりとした快感が込み上げた。

「ふ、ぅ…んっ」

「イシュメル――――」

再び口が塞がれ、犯される。肉厚の熱い舌で口中の粘膜を蹂躙《じゅうりん》され、身体中がびくびくと震えた。腰の奥から快感の塊が湧き上がってくる。

「俺にキスされただけで、お前の全身が気持ちいいって言ってくれてるぜ」

「ん、ふ、うう……んんっ……！」

信じられない。どうしてこんな。

けれどじゅる、と舌を吸われると、腰から脳までを甘い刺激が貫く。イシュメルは自分でもわからないまま、背中を浮かせて達してしまっていた。

「んあ、んんんん…っ！」

下肢ががくがくとわななく。衣服の下で白蜜が弾《はじ》ける感覚がした。口づけだけでイってしまった身体にイシュメルはただ呆然とする。

「俺から逃げようとしたくせに、こんなに俺を待っていたじゃないか」

「あ、やっ、ち、違っ……！」

「違わねえ」

着ていた夜着を大きく左右に開かれ、なめらかな肌が露《あら》わになった。胸の頂で尖《とが》った突起がリカルドを誘うように勃《た》ち上がっている。そこに舌を這《は》わされ、耐えられず声を上げた。

「あ、あ…っ」

敏感な乳首はほんの少しの愛撫《あいぶ》にも耐えられない。彼に舌先で転がされる毎《ごと》に喉を反らし、力の入らない指先がシーツを掻《か》く。

「寂しがらせた詫《わ》びに、うんと気持ちよくしてやるから」

「あ、だ、め…だ、そんな、ことっ…！」

そう漏らすも、イシュメルはいつも口だけだった。たとえ否定の言葉を告げても、肉体はリカルドを悦《よろこ》んで受け入れ、愛撫に蜜を滴らせる。

「あっ、んあっ、あっあっ……」

乳暈《にゅううん》をくすぐられ、突起を優しく吸われて、イシュメルはもう腰砕けになった。そこを苛《いじ》められるともう何もできなくなる。そっと歯を立てられ、舌先で撫でられると、泣き喚《わめ》きたくなるほどに感じてしまった。

「んんあっ、あ——…、リカ、ルド、そこはっ…！」

「お前はここが好きだよな」

二つの胸の突起を優しく撫で回されただけで達してしまったこともある。この身体はどうしてこんなに淫らになってしまったのだろう。リカルドに触れられると、そこから火がついたように熔《と》けてしまいそうになるのだ。

「ふ、あぁっ、あ…あっ、また、い、イく——…！」

イシュメルは身体中を震わせてまた極まる。乳首から全身へ、甘い快楽がじゅわじゅわと広がって侵していった。腰の奥がきゅううっと引き絞られるようで、たまらない。

リカルドはイシュメルの両の乳首をじっくりと愛撫した後、やっと脚の間へと手を伸ばしてくる。すでに二度ほど達し、愛液で濡《ぬ》れる肉茎を根元からそっと撫で上げた。

「あああっ…、んああ」

「気持ちいいか?」

足先まで痺《しび》れるような快感に、イシュメルはこくこくと頷《うなず》いた。早くそれを扱《しご》いて思い切り刺激して欲しい。それなのにリカルドは、指先で形を辿《たど》るようなもどかしい愛撫しかしてくれない。裏筋をくすぐられ、思わず腰が浮いた。

「あ、ふあっ…、あ、あっ」

「な、なに…っ、ああっ」

「ここでイくのはしばらく我慢な」

「お仕置きするって言ったろう?」

リカルドはイシュメルの両腕を上げさせると、紐《ひも》でベッドの端に縛りつけてしまった。自由を奪われたことに驚いて身じろぐ。

「な、何をするっ……」

「あんなに強かったお前が俺に縛られて抵抗もできないなんてな」

リカルドの瞳の奥に愉悦の光が見えた。彼が何をするつもりなのかわからない。

「心配するな。痛いことなんてしやしねえよ。ただ、気持ちいいだけだ」

そう言って彼はイシュメルの無防備な腋《わき》の下に舌を這わせた。

「んあぁっ」

異様な快感が身体を走る。リカルドの指先がイシュメルの両の乳首を優しく転がしていった。

「は、あ、あ……っ」

敏感な場所を責められ、身体がぐずぐずと蕩《とろ》けるような感覚に襲われる。腋下《えきか》から脇腹にかけて何度も舌で辿られ、くすぐったいのだが、同時にえもいわれぬ快感が湧き上がった。それが乳首への刺激と混ざり合って我慢できなくなる。

「あぁあっ、んぁあっ、あ、ひ……っ」

両足がシーツを蹴った。リカルドによって大きく開かされた脚の間でそそり立つものの先端からは愛液が滴り落ちる。それは刺激してもらえずに泣いているようにも見えた。

「あ…っ、あ…っ、やあっ、あ…っ」

愛撫されているのは上半身なのに、触れてもらえない脚の間にも快感が走る。けれどもどかしさは募るばかりだった。

「お前のここ、触ってないのにぴくぴく震えて、今にもまた出しちまいそうだな」

「あぁあ…っ、リカルド、リカルド…っ」

どうにかして欲しくて、イシュメルは啜《すす》り泣きながら彼を呼ぶ。反対側の腋下も舐《な》められてひいっ、と背中が反った。

「お前が呼んでくれんのは嬉《うれ》しいけど、今日は許してやれねえんだよ」

「な、ぜ…っ、んう、あ、あぁんんっ」

無防備な腋の窪《くぼ》みを舌でかき回され、思わず嬌声《きょうせい》を上げる。乳首もきゅっ、と指先で摘まれ、イシュメルの身体を甘い絶頂が襲った。

「ふあ、あぁああっ」

「お、またイった」

「や、もう、嫌だあ…っ」

「お前は俺から逃げようとしたからな。もっと焦《じ》らしてやらないと」

「――――っ」

満たされぬ余韻の中、イシュメルは潤んだ目を見開く。リカルドの唇はイシュメルの下腹の淫紋を辿っていた。脚の付け根を柔らかく撫で上げられる。その刺激までもが肉茎へと伝っていった。

「こんなにバッキバキになって濡れてんのに、触ってもらえなくてかわいそうにな。お前ここ苛められんの大好きなのに」

「ふう、ああ…っ」

内股を舐められ、すぐ近くを指先でなぞられるのに、肝心の場所には絶対に触ってもらえない。イシュメルはもうおかしくなりそうだった。

「あううっ、あっ、リカ、ルドぉっ……！」

「言ってくれよ。どうして欲しいのか。俺に求めてくれ」

「っ、ああっ、ああっ……！」

リカルドの熱い囁きが脳を溶かす。彼に抱かれる毎に理性が崩れやすくなってきているのを思い知った。目覚めてからこれまでリカルドは何度もイシュメルを抱いたが、彼はこの身体を曝《あば》くように隅々まで愛撫し、丁寧に拓《ひら》いていく。本能的な快楽に抗えないイシュメルの肉体は敏感に彼に反応し、容易《たやす》く屈服してしまうのだ。

「ああ、リカルド……っ、俺の、を、触って欲し……っ」

「触るだけでいいのか？」

煽《あお》られて意識が沸騰しそうなほどに昂《たか》ぶる。イシュメルの口から、素面《しらふ》では考えられないような言葉が零《こぼ》れた。

「いつもみたいに、舐めて、くれ……っ、苛めて……っ」

被虐の性質が顔を覗《のぞ》かせ、はしたなくねだってしまう。リカルドの口の端が引き上げられた。

「いい子になったな」

えらいぞ、と頭を撫でられ、イシュメルの目尻から随喜の涙が零れる。そして次の瞬間に肉茎を大きな手で握られ、根元から扱き上げられた。

「んんあぁあぁ…っ」

待ち望んでいた強烈な快感が込み上げる。イシュメルはひとたまりもなく達し、腰を浮かせて白蜜を噴き上げた。

「あ、あああっ！　いく、イくぅぅぅ……っ！」

びゅる、と音がしそうなほどに迸《ほとばし》る白蜜が淫紋を濡らす。イシュメルは尻を上下させながら二度三度とはしたなく吐精した。

「たっぷり出したな」

「あ、あ……あああ……っ」

まだゆるゆると手を動かされる度に腰が動いてしまう。ようやく与えられた刺激と絶頂に下肢がじんじんと疼いていた。

「イシュメル、可愛いよ……。お前ほんと、苛めたくなる……」

「ひ、ぁ、ああっ」

剝《む》き出しにされた先端をリカルドの舌先で転がされる。まだ達している時にその刺激はつらかった。腰を引いて逃れようとするも、がっちりと捕まえられていて逃げられない。

「んんっ、くうううっ、や、やめ、まだ、イって……っ！」

「こうして欲しかったんだろう？　たっぷりしてやるから」

　根元から先端までを何度も舐め上げられ、下肢がびくんびくんと跳ねた。凄《すさ》まじい快楽がイシュメルを翻弄して腰骨が砕けそうになる。

「うあ、ア、あああぁ…っ」

　リカルドの舌はいつも巧みだった。彼の指も舌も夜ごとイシュメルの身体を曝いて、快感を埋め込んでくる。ただ自分の欲求を満たすだけならば早々に挿《い》れて突き上げればいいものを、まるでイシュメルを乱すことが目的のようにも思える。こちらを快楽で屈服させるために。そしてそんな彼の手管にイシュメルは抗えなかった。

「ああ、あああっ、あああぁあ……っ」

　じゅるじゅると音を立てて肉茎が吸われる。身体の芯を引き抜かれるような快感によがる声が抑えられなかった。張りつめた双果は掌《てのひら》で転がされ、優しく刺激される。イシュメルは口の端から唾液を滴らせながら喘《あえ》いだ。腹の奥も燃えるように熱くて後孔がひくひくと収縮する。

「ひ、ぃ…あ、ああ…っ、で、出る、でるっ…！」

「いいぜ…？　構わず出せよ」

　彼の口の中に出してしまうのが恥ずかしくて、イシュメルは我慢しようとした。だができるはずもない。リカルドはそんなイシュメルの反応をおもしろがるように、できるものなら我慢してみせろと淫らに舌先を躍らせる。

「ああぁっ…あっ、そ、そこはだめだっ…、ああっ」

舌全体で裏筋を擦られながら先端の切れ目の部分を吸われた。そうされるともう駄目で、イシュメルは尻を浮かせながらあられもない声を上げる。

「んあぁあぁあ」

緊縛された肢体を捩《よじ》りながら強烈な絶頂に身悶《みもだ》え、リカルドの望み通りに屈服させられた。

彼の口の中で白蜜を弾けさせたイシュメルは、腰を突き上げる気持ちよさにがくがくと震える。

「まだ終わりだと思うなよ。泣くほど悦《よ》くしてやるから」

「あ、あっ……」

余韻にじわじわと蝕《むしば》まれながら、リカルドの囁きに怯《おび》えとも期待ともつかないわななきが走った。

「あっんっ…、や、ア、うう…んっ、ああっはぁあ……っ！」

嗚咽《おえつ》の混ざった切れ切れの声が部屋に響いている。汗に濡れた喉を何度も反らして、イシュメルはあれから何度もイき続けていた。

泣くほど悦くしてやる、と彼が言った通り、イシュメルは美しい黒い瞳からこんこんと喜悦の涙を流し続け、もはや身も世もなく悶えている。

「くう、ひぃ…ああっ、あっ、またっ、またイくっ……！」

リカルドの口淫によって反り返った肉茎の先端で小さな蜜口が苦しそうにぱくぱくと開閉を繰り返している。愛液をとめどなく溢《あふ》れさせているその部分はリカルドの舌先で抉《えぐ》られ、くちゅくちゅと卑猥《ひわい》な音を立てていた。鋭敏な孔をそんなふうに嬲《なぶ》られてはたまったものではなく、イシュメルは何度も哀願と絶頂を繰り返す。

「あう…あ、あっ、もう、いや、だ…っ、そこ、やああ……っ」

「うん？　ここ嫌か？　じゃあ、ちょっと休憩するか」

「あ、あ――…っ」

彼はそう言ってくびれのあたりにねっとりと舌を這わせるのだ。微妙に違う、けれど快感には変わらない感覚が下半身を支配する。

「ここの中もすげえな。うねってる」

後孔にはリカルドの指が挿入され、中から肉洞をねぶられていた。内部には特に感じてしまう場所がいくつかあって、彼はその部分を的確に刺激していく。性感の密集しているところを優しく指先でくすぐるように責められて、イシュメルは彼の指をただ締めつけてよがることしかできなかった。

「あ、あっ！　もうっ、もう……っ」

延々と続く快楽責めに、イシュメルはもう耐えることができない。

「何だ？」

リカルドが優しく促す。きっとイシュメル自身の口で言わなければこの甘い苦悶《くもん》は終わらないのだ。意志が蕩け、挫《くじ》ける。

「ゆ、ゆる…し…っ、もう、許して、くれ……っ」

「それで？」

愛撫も口調も優しいのに、彼の要求だけは容赦がなかった。

「挿れて、くれ、お前のを、挿れて……っ、犯して、ほし……っ」

絶え絶えに服従の言葉を漏らすと、リカルドは初めてイシュメルの下半身から顔を上げる。ずるり、と指が引き抜かれて、その感触にすら背中が浮いた。

「本当はまだ、後ろも舐めてやろうかと思ってたんだけどな」

リカルドは言いながら自身のものを引きずり出す。それは雄々しく天を向いていて、まるで彼が持つ宝剣のようだった。自分は一度ならず二度までもこれに貫かれると、そう思った。

「お前は本当に俺を煽るのがうまい。イシュメル」

力の入らない脚が抱え上げられる。甘い責め苦から逃れられると思ったが、そうではないこともわかっていた。むしろこれからが本番なのだ。

「――――お前の中にうんと注いでやるよ」

「あ、んううう…っ！」

肉環に押し当てられたリカルドの先端がぬぐ、と押し這入《い》ってくる。こじ開けられる感覚が体内で弾けて、イシュメルは次の瞬間快楽の悲鳴を上げた。

「あああ――…！」

リカルドの剛直が奥まで這入《はい》ってくる。挿入の刺激に耐えられず、イシュメルのものは白蜜を噴き上げた。太く熱く脈打つもので内壁を擦り上げられる。

「お前、いっつも挿れられただけでイくよな」

そう言うリカルドの声はどこか嬉しそうだった。彼は自身をイシュメルの奥まで収めてしまうと、長々とため息をついた。

「ああ、お前マジで最高だよ。挿れてるだけでうねって、吸いついてくる」

リカルドは軽く腰を揺らす。それだけで彼の先端が肉洞を突いてくるので、イシュメルはもうたまらなかった。

「あくうう、ああっ……」

「気持ちいい？」

わかりきっていることなのに、リカルドはそう尋ねてくる。けれどもうイシュメルに刃向かう力はなかった。彼の望むままに淫らな言葉を紡ぐ。

「きもち、いい……っ」

「じゃあ、もっと奥まで挿れる？」

腰がぐぐっ、と押しつけられた。

「あああっ」

最奥の壁をリカルドの先端が掠《かす》めていく。下腹の奥からじゅわじゅわと快感が広がっていって、それが身体中を満たしていった。頼りなく宙に投げ出された脚の爪先がきゅうっと内側に丸まる。

「お前は奥が好きなんだよな……」

「ああ…っあ…っ」

ゆっくりと、重い抽送が開始された。最も我慢がならなくなる最奥の壁にぶつけられて脳天まで快楽が突き抜ける。激しく抜き差しされるよりも、ゆっくりと擦られたほうがたまらなくなると教えられた。

「あう、あううう…っ、あ、ひぃぃぃ……っ」

「イシュメル…、もっとよがれよ。俺に犯されてイってみせろ」

リカルドが口づけてくる。呼吸すら奪うような口吸いは甘い責め苦のようだった。イシュメルの内部はそんな仕打ちにすら感じてしまって、肉洞を痙攣《けいれん》させながら彼のものを締めつける。

「ん、んうう――…っ、〜〜〜〜っ」

絶頂の嬌声は口づけに吸い取られた。火照った肢体がびくびくとわななく。

「は…、イってんな。いい子、いい子……。もうずっとベッドから出したくねえなあ」

「っ、リカ…ルドっ」

世界を救った勇者らしからぬ物騒な言葉にすら、今のイシュメルはぞくぞくと背筋を震わせた。内奥にいるリカルドが大きく震え、脈打つ。

「出すぞ。受け止めろ……っ」

「あ、は、ああっ、リカルドっ…!」

腹の奥に熱い飛沫《しぶき》が注がれた。それはイシュメルの腹の奥をどくどくと満たす。

――届いているのだろうか。『魔王の種子』に。

未《いま》だ体内に残るそれは、イシュメルが再び魔王となる可能性を示している。その種子に精を注げば消えるやもしれないというのは、イシュメル自身すら真偽はわからない。だがリカルドはそれを試みようとしている。

蘇生《そせい》され、この屋敷に閉じ込められてから何度も触れてきたリカルドの執着のような情念はイシュメルを困惑させた。けれどそれだけではなくて、同時に歓《よろこ》びのような感情をも自身の中に見つけられる。

(また罪を重ねてしまうのに)

魔王となる前の『イシュメル』の部分がまた大きくなることを感じた。それはひたむきに、真《ま》っ直《す》ぐにリカルドを想《おも》っている。

「……一滴も零すなよ、イシュメル」

「あ……っ、あっあっ！」

硬度を取り戻したリカルドが再び動き出した。達して震える内壁を擦り上げるそれ。あまりに快楽が大きくてどうしていいかわからない。今度は小刻みに最奥を突かれて頭の中が真っ白になる。

「あっ、くう、ひ…っ、ひ、あ、あっ！」

リカルドがそこで放ったものと、イシュメル自身の愛液が混ざり合い、攪拌《かくはん》されて、じゅぷじゅぷとこの上なく卑猥な音が漏れた。繋《つな》ぎ目も熱を帯び、摩擦によって白く泡立っている。

「んっ…ん、ああ――…っ」

耐えられずに仰《の》け反《ぞ》った胸の上で尖った突起を舌先で転がされ、イシュメルは更に喘いだ。

「あっ…んっ、あっあっ、リカルドっ…、リカルド……っ！」

「感じるか、イシュメル……」

問いかけられ、イシュメルはわけがわからずにこくこくと頷く。彼が奥を突く度に身体の底まで快感が響くようだ。

「お、奥、すごいっ……、きもち、よくて……っ」

「ああ、お前の中、すげえうねって、絡みついてるよ。お前もよさそうだ」

「あ、ふあっ、ああ…ああ…っ」

イシュメルはもはや一突き毎に達していた。引き締まった下腹の上で禍々《まがまが》しくも美しい色をした淫紋があやしくうねる。許容量を超えた快楽を与えられ続け、イシュメルはいつしかリカルドの望み通りに屈服し、理性を飛ばして乱れ堕ちた。


「――」

　次にイシュメルが目を覚ますと、ベッドの中にリカルドの姿はなかった。喉の渇きを感じ、軽く咳《せ》き込みながら身体を起こすと、すぐ側のチェストの上に水差しとコップがあるのを見つけた。リカルドが用意したものだろうか。コップに注いで飲んだ水は冷えていて、渇いた喉を潤してくれた。

　窓から差し込む陽《ひ》はもうだいぶ高い。結局昨夜は朝方近くまで抱かれ続けた。何度も彼の精を腹の内に注がれ、イシュメル自身も数え切れないほどの絶頂を迎えた。

「――――」

ため息をつき、肌の上に夜着を引っかけて部屋を出る。すると階下からバターと卵のいい匂いが漂ってきた。

　炊事場に顔を出すと、リカルドがフライパンを振るっている背中が目に入る。

「お、起きたか?」

　彼があまりにも何気なく声をかけるので、イシュメルは少しだけ面食らってしまう。

「腹減ったろ。すぐできるから」

　座っていろ、とリカルドがテーブルを指差した。イシュメルはいったん座るが、居心地悪くあたりを見回す。何か手伝ったほうがいいのだろうか。そう言えばこの屋敷に来てから、食事はいつも彼が用意してくれていたように思う。

「お前これ好きだったろ」

そんなことを考えている間に目の前に皿が置かれた。トマトの調味料で炒《いた》めた米の上に鮮やかな黄色の卵が載せられている。リカルドが卵の中央に切れ目を入れると、卵が左右に分かれてとろりとした黄身が広がった。ふんわりとバターの香りが広がって食欲を刺激される。

この料理は以前にイシュメルが彼らと同行していた時に好物だと言ったものだった。

「作り方覚えたんだ。食ってみろよ」

「あ…あ」

イシュメルはスプーンを持ってそれをすくった。橙《だいだい》色の米と卵を一緒に口に入れると酸味とまろやかさが混ざった味がする。それはどこか懐かしい味だった。

「どうだ？」

リカルドがこちらを窺《うかが》うように尋ねてくる。

「美味《おい》しい」

「そうか、よかった！」

彼は小さくガッツポーズをした。それを横目にイシュメルは黙々とその卵料理を口に運ぶ。

「……これは俺の故郷でよく食べられている料理だ。それを思い出した。お前と初めて会った時のことも」

「……思い出してきてるのか」

「お前のイシュメルが、表層に浮かび上がってきている」

そう言えばリカルドは喜ぶだろうと思った。だが彼の顔を見ると、リカルドはどこか複雑そうな顔をしていた。彼はどちらかと言えば直情的な男だ。だからこんな顔を見せるなんて少し不思議に思った。

「今のお前だって、俺の好きなイシュメルには変わりないよ」

彼はそんなふうに静かに言った後、自分の皿を持ってイシュメルの向かいに座る。それからスプーンを取り上げて豪快に口に運び始めた。

そんな彼からしばらくの間、イシュメルは目を離すことができなかった。


「あのさ、中庭に出てみるか?」

食事の後で、リカルドが唐突にそんなことを言った。

「何故だ?」

彼はイシュメルが外に出ようとしたことを咎《とが》めて昨夜仕置きしたのだ。それなのにどうしてそんなことを言うのかと、腑《ふ》に落ちなかった。

「いや、やっぱりお前のことずっと閉じ込めてるっていうのはよくない気がしてさ」

「……よく言う」

思わず失笑してしまう。けれど彼のそういう、自らを省みて考えを改めることを厭《いと》わない姿勢は悪くなかった。以前もそう、思っていたような気がする。

「俺をここから出してくれるのか？」

「残念ながらまだそれはできない。俺の独占欲とかだけじゃなくて、お前自身が危険だから」

確かに以前の魔王が何食わぬ顔でそこいらを歩いていたら脅威と見なされて排除されるだろう。イシュメルにはもう魔王だった時の力はない。今はまだ。イシュメル自身には今は世界をどうこうするという意志はないが、それも今はまだ、だ。体内の『魔王の種子』が育てばどうなるかわからない。イシュメル自身もそれを抑え込めるかはわからないのだ。

「でもまったく外の空気を吸わないってのもよくないからな。ここなら外へは行けないし」

リカルドはそう言ってイシュメルを中庭に通じる扉の前へと連れて来た。この扉もリカルドが張った結界で開かなかったものだ。

リカルドは扉の前に立つと、片手を扉につけて短い呪文を唱える。すると扉の前に展開されていた術の気配が消えた。リカルドが扉を押すとそれは難なく開く。

「出ろよ」

促されたイシュメルは中庭へ出た。建物で四方が囲まれているため、外へは行けない。見上げると空が四角く切り取られていた。清涼な空気を吸い込むと、肺の中が少し冷たくなったような気がする。

「あんまり手入れされてないな、こりゃ」

この屋敷はもともとある商家の持ち物だったが、近くに魔王城が建ったために放棄されていたそうだ。それをリカルドが買い取ったらしい。

目の前に広がるのは荒れた花壇と方々に生えた雑草、シンボルツリーとおぼしき樹は雷に撃たれたのか倒れていた。それらを眺めて、イシュメルはふ、と笑う。

「自然らしくていいじゃないか」

舗道はかろうじて残っていた。そこを歩くと、リカルドが後ろから付いてきた。

「……リカルド」

陽の下で、イシュメルは彼に聞いてみる。

「うん？」

「お前はこの先どうするつもりだ。まさかここでずっと俺といるわけにもいかないだろう」

「お前といるよ。別にここでなくてもいいけど」

「……魔王を斃した勇者の発言とは思えないな」

「仕方ねえじゃん。もう決めたんだから」

リカルドは一度決めたらきかないところがあった。だがその強い意志決定が仲間の絆《きずな》を強固にしてきたと言ってもいい。困難な旅の中で、リカルドの声はパーティーの方向性を迷わず指し示してくれていた。

(俺もその一人だった)

リカルドが言うことなら間違いはないと思っていた。彼を信じていたから、イシュメルはあの時『世界の罪咎』を受け入れたのだ。いずれ彼に自分を討ってもらえるように。

その通りに彼は来た。もう魔王を生み出させないようにするための宝剣を携えて。それを見た時、魔王の意識の中でイシュメルはどんなにか嬉しかったか。

けれど、あのまま息絶えるのだと思っていたのに。

イシュメルは今こうして陽の下にいる。角も爪も失い、ただの人間として。

「リカルド。世界のもう誰も俺のことを許さないだろう。いつまでもこんなことをしていたら、お前が非難されかねない」

「魔王は俺が殺した。ここにいるのはただのイシュメルだ」

リカルドの声に怒気が混ざる。イシュメルはため息をついた。ここから先はもう平行線だ。

イシュメルが足を止める。目の前には倒木があった。それが道を塞いでいる。

「行き止まりだな」

「どかせられないこともないが……、切ったほうがよさそうだな。剣を持ってくる」

「待て、リカルド」

屋敷に引きかえそうとしたリカルドを、イシュメルが引き留めた。

「お前の宝剣をそんなことのために使うことはない。俺がやる」

「……どうやって？」

イシュメルはこの倒木を前にして、切りたいな、と思った。すると体内から覚えのある感覚が練られるのがわかる。魔力の波動だ。蘇生されてからしばらく時間が経ったので、少しずつ力を取り戻し始めたのだ。

イシュメルは右手を挙げると、そこに意識を集中させ、魔力を集めた。その気配を感じ取ってリカルドが目を見開く。

「――――っ」

右手を下ろすと同時に魔力を放つ。それは刃となって倒木に一閃《いっせん》した。バキバキという音と共に樹が真っ二つになる。

「……ふう」

どうやら魔力切れだ。今のところはこれで精一杯らしい。

「……お前」

「俺は力を取り戻し始めたぞ、リカルド」

わざと露悪的に振る舞えば、彼も諦めてくれるだろうか。リカルドは厳しい目でイシュメルを見ていた。

「早く俺を殺さないと、また魔王として復活してしまうかもしれない」

「お前はもうそんなことはしない。『世界の罪咎』は俺が封じたんだからな」

「俺の中にはまだ『魔王の種子』がある。これがある限り、僅かずつでも魔力を蓄えてしまうだろう」

『世界の罪咎』と『魔王の種子』は魔王化のための二つの条件だと言われている。だが、正確には必ずしもそうではないのだ。『世界の罪咎』が魔王の力の貯蔵庫だとすれば、『魔王の種子』は起動装置のようなものだ。

貯蔵庫がなくとも、装置が起動すればイシュメルは魔王化のための魔力を蓄える。効率はだいぶ悪いだろうが、いずれイシュメルは再び魔王として甦《よみがえ》るだろう。今はまだ樹を断つ程度の力しかなくとも、いつかは。

「一度は世界を救ったお前が、今度は世界を破滅に導くのか」

「俺は世界を救いたかったわけじゃない。知っているだろう？」

「そんなことは関係ない。世の中の人々はお前のことを救世主だと思うだろう。お前は勇者なんだよ、リカルド」

イシュメルはわざと彼を煽った。怒ればいいと思った。そしてイシュメルを見限ってくれればいい。

だが。

「――――そうはいくかよ」

「え？」

「お前が言いそうなことだよ。そうやって、自分を犠牲にして、つらいことは全部自分が引き受けて」

イシュメルの前でリカルドが何度も見せた怒りの焔《ほのお》の灯る瞳。それはどうしてなのか。

「一度は俺を受け入れてくれたじゃねえかよ。なのになんで、今になって突き放すんだ」

「……リカルド」

そんなふうに迫られると、イシュメルは何も言えなくなってしまう。焦げつくような恋情をまっすぐに向けられて、それにどう対処したらいいのかわからない。敵意や殺意ならば笑って受け入れられるのに。

「俺はお前のことを絶対に諦めないからな、イシュメル」

リカルドが一歩詰めてくる。イシュメルは気圧《けお》されたように一歩下がった。

「お前は悪ぶって俺を脅すようなこと言うけど、こんなふうに来られたら全然対抗できねえじゃん」

何歩か下がると倒木に行き当たり、そこから下がれなくなった。

「……よせ」

「よさねえよ。煽ったのはお前だろ。責任とれよ」

「俺はそんなつもりでは」

昨夜の痴態が思い起こされる。顔が内側から熱くなり、鼓動がどくどくと高鳴った。

「たった半日前にもあんな目に遭ったってのに、まだわかんねえのか？　それとも期待してんのかどっちだ」

「……っ」

パン、と乾いた音がする。イシュメルの手がリカルドの頬を張ったのだ。避《よ》けもせずまともにくらったのに彼は少しも堪《こた》えていないようで、頬を薄赤くしながらイシュメルのその手を摑《つか》んだ。

「やめ……」

抗うだけ無駄だとわかっていたが、つい口から漏れてしまう。腕を掴まれ、引き寄せられて、熱い唇が嚙《か》みついてきた。呼吸を奪われて痛いほどに舌が吸われる。

「っ、んっ」

強引なのに巧みな舌で口内をかき回され、頭の中がくらくらと揺れた。力が抜けてバランスを崩し、背後の倒木に手をついてしまう。

「……キスしただけでもうこんなになるだろ」

イシュメルは反論できなかった。リカルドの情熱的な口づけと愛撫は、いつも容易く身体を蕩けさせる。そして日を追う毎にそれは顕著になっていった。まるで彼の行為に調教されているように。

「こんな、ところで……、よせ、リカルド……っ」

「何で？　ここには俺とお前だけしかいない」

衣服の裾を捲《まく》られ、太股にリカルドの熱い掌の感触を得た。その瞬間に腰から背中にかけてぞくぞくと震えが走る。その手で股間を撫でられた時、思わず声が漏れた。

「あ、んっ……」

「ほら、ちょっと触っただけでこんなだ」

「んん、や、あ…っ」

膝がわななく。脚の間を愛撫される快感に吐息が零れた。彼の行為を受け入れようと、両脚が勝手に開いていく。肉茎を握られ、びくん、と腰が跳ねた。

「あっ、リカルドっ……」

「……イシュメル、後ろ向いて」

リカルドの押し殺したような声がイシュメルに命令を下す。のろのろと彼に背中を向け、身体を支えるように倒木に手をついた。

「いい子だ」

「ん、あ」

音を立ててうなじに口づけられ、彼の腕の中でびくびくと身体を震わせる。リカルドの手で裾をたくし上げられ、なめらかな尻が露わになった。

「恥ず…かしい…っ」

「もっと恥ずかしいことするんだぜ？　ほらお前の大事なとこ、開いてやるよ。丸見えだ」

「ああっ…！」

両手で双丘を押し開かれ、いつもリカルドを受け入れる後孔が陽の下に晒《さら》される。そこはまだ昨夜の名残でしっとりと濡れ、ヒクヒクと息づいていた。

「ん、や、あ…っ」

羞恥に身体が燃えるようだった。倒木を握りしめている指先が甘く痺れてくる。

「お前のいやらしいところ、よく見える」

「ああっ、み、るな…っ」

視線が這い回るのがはっきりとわかる。昨夜さんざんリカルドを咥《くわ》え込み、中を擦られ、突き上げられた場所はその時の快楽をはっきりと思い出していた。

「なあ、覚えてる？　昨夜《ゆうべ》、ここにぶち込まれて、気持ちいいって泣いてたの」

「あ――…っ」

嬲るような言葉に奥がきゅううっと収縮する。その様子をきっと彼もはっきりと見ていたことだろう。尻がぶるぶると震え、身体を支えていられなくなる。肘が折れて下肢をリカルドのほうに突き出すような格好になった。

「イシュメルは本当に可愛《かわい》いな」

大きな手が尻を這い回る。その感触にすら感じてしまって思わず身悶えした。内奥が彼を求めている。また、一番深いところで出して欲しい。

そんなふうに思った瞬間、太く熱いものの先端が後孔に捻《ね》じ込まれた。

「っ、う、ア、あぁぁあ……っ」

入り口をこじ開けられ、ずぶずぶと這入り込まれる感覚。イシュメルはもはやそれに耐えられず、挿入の瞬間に達してしまった。

「んんあああ……っ」

あられもない声が虚空に吸い込まれていく。下肢に触れる外気と吸い込む空気の冷たさが、今、外にいるということをいやが上にも知らせてきた。

「イシュメル…っ」

背後に聞こえるリカルドの呼びかけ。ゆっくりと腰を揺すられると、身の内に堪《こら》えきれない快感が走った。

「あうう、あ、あっ、あっ……」

彼が動く度に、ぐちゅっ、ぐちゅっ、と卑猥な音が響く。その凶器のような形状の男根に弱い場所を擦られて、イシュメルはたちまち我を忘れた。

「はああっ、あっ、あんうっ、ふううっ……」

快楽が脳天まで突き抜ける。背中を反らせて喘いでいると、突然背後から顎を摑まれて口づけられた。

「んんんう…っ」

不自由な体勢で呼吸まで奪われる。だが頭の中は興奮で煮え立っていた。夢中で彼の舌を吸い返し、体内のものを締めつける。

（リカルド、リカルドっ……！）

理性が消え、よけいなことを考えなくなってしまうと、イシュメルはただリカルドを呼び続けた。口を合わせたままで強く突き上げられ、喉の奥からくぐもった嬌声が漏れる。

「…っ、もっとめちゃくちゃにして、俺のことしか考えられないようにしてやる」

「あ、あああ……っ」

とっくにそうなっている。

イシュメルは己の業の深さを思った。多くの人を混迷に陥れただけではすまさず、自分はまだ罪を重ねようとしている。

「感じるか？　イシュメル……」

「んん、あっ、いい、い…いっ、リカルドっ……」

はしたない言葉を漏らし、イシュメルは恍惚《こうこつ》の淵《ふち》へと自ら身を投げていった。

リカルドは定期的に屋敷を空け、近くのサデュースという町に出かけていく。物資の調達や、仲間達にもそこで会っているようだった。

「――――え?」

今、彼が言ったことが一瞬理解できず、イシュメルはリカルドに問い返した。

「何て?」

「だから、次はお前も一緒に行こうって言ってるんだよ。町のほうにさ」

「……どういう風の吹き回しだ?」

イシュメルがそう言うとリカルドは軽く息をついた。ベッドの中、一頻《ひとしき》り快楽を貪り合って、微睡《まどろ》みかけているところだった。

「俺も最初はずっとここで、お前と二人だけでいられればいいと思っていた。正直今でもそれは変わらない」

イシュメルをこの屋敷に閉じ込め、中庭以外には外に出さず、昼となく夜となく身体を繫げている。リカルドはしきりにイシュメルの中に射精することにこだわった。『魔王の種子』に精を注ぎ続ければ消えるという与太話を信じているように。だが、イシュメルの下腹に浮かび上がった淫紋は消えていない。これがあるということは、『魔王の種子』は未だイシュメルの体内にあるということだ。そして、少しずつ少しずつ、魔力を蓄えている。

「サデュースであいつらに会っているっていうのは話したよな」

「ああ」

かつての仲間達。イシュメルの胸に懐かしさのような感情がよぎる。

「お前もあいつらに会いたいんじゃないかって」

「────」

イシュメルは言葉を失う。魔王を斃すという目標に向かって苦楽を共にした仲間達だった。会いたくないと言えば嘘《うそ》になる。けれどイシュメル自身が魔王と化し、敵として彼らの前に立ちはだかった以上、それはもう叶《かな》わないことだと思っていた。

「それは……、無理だろう」

「嫌か？」

「そういう問題ではない」

イシュメルは答えに困る。

「だいたい、彼らは俺に会いたくなどないだろう」

「どうしてそう思う」

「俺はもう彼らにとって敵だからだ」

それはお前も同じだと言外に込めてリカルドに告げた。

「もう敵じゃない」

「お前は自分が何を言っているのかわかっているのか、リカルド」

　イシュメルはやや憤った。リカルド自身のことは未だ理解できないところはあるが、彼の口から意向は聞いているのでまだ考えは把握できる。だが、他の仲間達はどう思っているのかまったくわからないのだ。そしてリカルドが彼らから話を聞いていたとしても、それは当てにならないと感じていた。

「まったく、信用ねえんだなあ」

「当たり前だろう」

　ため息をつくリカルドに、イシュメルは半身を起こして告げる。

「だいたいお前は俺をここから出す気はないと言っていた。自分の言葉に責任を持て」

「まるで出たくないって言ってるみたいだな」

「お前がこんなことをしているのが理解できないと言っているだけだ」

　せっかく倒した魔王をわざわざ蘇生させ、囲って毎日のように抱いている。勇者がそんな行動をとっていると知ったら、世の中の人間は驚くではすまないだろう。彼の輝かしい功績にふさわしくない行いだ。

「理解できない？」

　まるで聞き捨てならないことを聞いたようにリカルドは起き上がった。突然彼が動いてイシュメルを組み伏せてきたので思わず身体を竦《すく》ませる。さっきまでさんざん突き上げられ、身体中を愛撫されてイかされ続けたので、肉体がリカルドに屈服していた。

「俺がこんなことをしている意味がまだ理解できないってのか？　……わかるまで教えてやろうか」

「……っ行動と、得られるものが釣り合わないと言っているだけだ」

イシュメルは慌てて言葉を補う。彼が自分に対し執着を持っているというのはわかった。だがイシュメルがリカルドに靡《なび》いたとして、彼にどんなメリットがあるというのだろう。リカルドほどの男であれば、大抵の相手は彼のことを好きになるに違いない。同じ仲間であるレイラもリカルドに対し好意を抱いていた。

命を懸けて魔王を斃したのに、得られるものが世間に対し後ろ指を指されるという結果では、あまりに割に合わないではないか。

「まだそんなこと言ってんのかよ」

リカルドは苛立《いらだ》ったような口調で言った。

「他の奴らとか世間とかどうでもいいんだ。一度目は確かに世界を救いたいと思っていたかもしれねえ。けど、二度目は――」

リカルドはそこでイシュメルを強く抱きしめた。

「……俺はただ、お前を取り戻したかっただけだ。どんな手段を使っても」

「……」

どこか震えるような声を聞かされて、イシュメルは何も言えなくなった。

ここで自分もだと告げて彼を抱きしめ返せたらどんなにかいいだろう。

(けれど駄目だ)

イシュメルとしての記憶を取り戻すにつれ、魔王だった時のことまで思い出された。魔物を使役し、世界を混乱に陥れた自分の罪は到底購《あがな》えるものではない。リカルドの気持ちを受け入れ、自分だけが幸せになることなどできない。

彼に与えられるのはこの淫蕩《いんとう》な肉体だけだ。それだけであれば、彼の望む通りに受け入れることもできる。この身体をどんなふうに使ってくれても構わなかった。

そう思っているのに。

自分が欲しいと子供のように駄々を捏《こ》ねている男の願いを聞いてやりたくなってしまう。

おそらくは先ほどの件も、イシュメルのことを考えてのことなのだろう。それを無下に拒否してしまうのは、今のイシュメルにとっては難儀なことだった。

「俺を連れていることでお前が責められるかもしれない」

「大丈夫だ。お前はもう魔王じゃない。誰もわからねえよ。俺がよく知っていたイシュメルだ」

確かに見かけだけならばそうだろう。ここでイシュメルが素顔を晒して歩いても、誰も以前の魔王だとはわからないかもしれない。だが衣服の下には淫紋が刻まれており、更にその中には『魔王の種子』が息づいている。高レベルの術者であれば、イシュメルが未だ魔王になる可能性があることに気づくだろう。それは仲間に知られてしまうということだった。

（きっと一悶着ある）

そのことに自分がどういう態度を取るべきなのか。それを決めておくべきだろうとイシュメルは思い、そっと目を閉じた。

馬に揺られるのも久しぶりだと、イシュメルは中天を見上げた。

「大丈夫か？」

隣で馬に跨《また》がるリカルドが気遣わしげに尋ねてくる。

「屋敷から出るのも初めてだろ――――。まあ、俺が閉じ込めていたからなんだけどさ」

疲れはしていないかと尋ねられ、イシュメルは少しおかしくなって小さく笑む。

「問題ない。これくらいで疲れるようなら、夜ごとお前の相手はできない」

「……お前も言うようになったよなあ」

リカルドの声はどこか楽しげだった。イシュメルが仲間達と会うことを了承したせいかもしれない。

(やはり、リカルドの心根は善性であり、『勇者』なのだ)

イシュメルを閉じ込めて犯すという決して褒められない行為をしてはいても、その根っこには人間を信じるという性質がある。だからこそ彼は勇者にもなれた。

(そして、そんなお前だからこそ)

イシュメルは惹《ひ》かれたのだった。


町は思いの外賑《にぎ》やかで人が多かった。

「こないだ来た時よりも拓けてんなあ」

リカルドが呟《つぶや》いた言葉に、イシュメルは思わずほっとせずにはいられなかった。

目深にフードを被《かぶ》っているものの、道行く人は誰もイシュメルに特別な視線を向けてこない。

一緒にいるリカルドのほうは親しげに挨拶をされていた。さもあらん。彼はこの町でも英雄なのだ。

「あの宿だ」

リカルドが指し示したのはこの町で一番大きいという宿屋だった。皆そこに集まっているらしい。緊張がイシュメルの背筋を強張《こわば》らせる。

「大丈夫だって」

彼はぽん、とイシュメルの背を叩《たた》いた。

「何かあっても、俺がちゃんと言ってやるから」

リカルドは優しい。きっと彼はイシュメルの味方になってくれるだろう。けれどそのせいで仲間とリカルドの間に溝を作るようなことがあってはならないと思った。

「いらっしゃい、リカルドさん」

宿の女将《おかみ》はリカルドを見ると親しげに声をかけてきた。女将はイシュメルにも目を向ける。

「そちらの方もお仲間でしたっけ？」

「ああ、そうだよ」

イシュメルは一瞬身構えたが、彼女はどこかほっとしたような顔をした。

「そうですか。お仲間が多いのは有り難いです」

「何かあったのか？」

リカルドが首を傾《かし》げると、これは噂《うわさ》で聞いたんだけど、と女将は声を潜めて話し出す。

「魔王の残党がこの辺りに出没しているらしいの」

「……魔王の残党？」

繰り返すリカルドの声に、イシュメルは静かに息を呑んだ。

そう言えば。

自分がリカルドに斃される時、城の中にはまだ何人かの側近がいた。

イシュメルは彼らに心を許すことはほとんどなかったが、中にはしきりにイシュメルに気にいられようとしてくる者もあった。

リカルド達が魔王城を陥落させた時点で、彼らも一緒に討伐されたものだと思っていた。だがその中に体良《ていよ》く逃げ出した者がいたとしたら？

（その可能性をどうして考えなかったのだろう）

「――その、残党の名前と容貌は？」

リカルドが驚くのも構わず、イシュメルは女将に問いただした。彼女は驚いたような顔をして首を傾げながら答える。

「名前まではわからないの。ただ、見た人の話では、銀色の髪に赤い目をしていたって。赤い目は魔王とその配下の証《あかし》なんでしょう？」

「……そうです」

やはり、あの時逃げ出した者がいたのだ。唇を噛むイシュメルの手をリカルドがそっと握りしめる。

「大丈夫だよ、女将さん」

イシュメルと不安がる女将に言い聞かせるようにリカルドが言った。

「もう魔王はいない。その残党もかつての力はないはずだ。奴がこの町に現れても俺達がなんとかする」

リカルドの声は人を勇気づける響きがある。女将は彼の言葉に顔色を明るくした。

「ええ…、ええ、そうね！　リカルドさんがそう言うんですもの。お仲間もいるし、きっと大丈夫よね！」

「ああ、もちろん」

「お部屋にご案内しなくちゃね。リカルドさんは二階の一番奥の部屋よ」

「ありがとう」

リカルドは鍵を受け取ると、イシュメルを伴って階段を上った。

「……リカルド」

「わかってる。後で話そう」

　階段を上っていく途中で彼は言った。部屋に入ると早速ドアがノックされる。リカルドが返事をするとレイラが顔を出した。

「リカルド。アレウスとレギアももう来てるわ。アレウスの部屋に来てって」

　レイラが部屋の中にいたイシュメルに目を留める。彼女は少しの間黙り込んだ。

「わかった。すぐ行く」

「……隣の部屋よ」

　レイラはそれ以上何も言わずにドアを閉める。イシュメルは覚悟を決めた。ここまで来てしまったらもうどうにもならない。魔王戦の生き残りの件といい、自分にできることもまだあるだろう。イシュメルはフードを下ろした。

「行こうぜ」

　リカルドに肩を叩かれる。イシュメルは立ち上がって彼に続いた。


　アレウスの部屋に入ると、そこにはかつての仲間達が揃《そろ》っていた。賢者アレウス、戦士レギア、そしてシスターであるレイラ。
「久しぶり……と言っていいのだろうか。こんなふうに言う資格がないこともわかっているが」

おめおめとよく顔を出せたものだ、と言われると思っていた。それは充分に覚悟している。あの場では誰かが魔王にならなければならなかったとは言え、その後の自分の所業は許されることではないとわかっている。だからどんなに糾弾されても仕方ない、と思っていたのだが。

「おお、ほんとに角が取れてる。目の色も戻ってるし、イシュメルなんだな」

あっけらかんとしたレギアの言葉に、思わずきょとんとしてしまった。

レギアは小柄だが素早く打たれ強い戦士だ。剝き出しの腕にはしなるような筋肉が張っている。

「……思ったより元気そうでよかったわ」

先ほど微妙な態度を見せたレイラも、イシュメルを気遣うような言葉をくれた。

「身体《からだ》は大丈夫なのかい？」

アレウスの問いにイシュメルは躊躇《ためら》うように頷《うなず》く。

「そうか、よかった」

「……ありがとう」

「リカルドが面倒見てるんだろう？　蘇生《そせい》させたって聞いた時は驚いたな」

レギアはイシュメルとリカルドの間にあるものを知らないようだった。彼はそういったことには疎くて未《いま》だにリカルドは純粋に友情のために蘇生したイシュメルの側《そば》にいると思っている。

だが、アレウスとレイラはわかっているのだろう。こちらを見る視線に含みがあった。

「……リカルドは、よく世話してくれている」

「へえ。やっぱお前いい奴《やつ》だな、リカルド！」

「まあな」

リカルドは曖昧に笑った。

「こいつは未だに魔王だった時のことを気に病んでいる。確かに世界は混乱したろうが、俺達がきっちり責任をとって魔王イシュメルは斃《たお》した。それでいいと思うんだ」

「……確かに、リカルドの言うことは一理あるな」

アレウスが息をついて告げる。

「イシュメルはその時のことは覚えているのか？」

「……」

面と向かって聞かれ、イシュメルはほんの少し言葉に詰まった。だが、この賢者の前で嘘偽《うそ》りを言っても見透かされてしまうだろう。

「最初に目覚めた時は少しぼんやりしていた。……だが最近になって、色々と思い出してきている。魔王の時も、君達と旅をしていた時のことも」

「そうか。…つらいね」

思いがけず優しい言葉をかけられて、鼻の奥がつんと熱くなった。イシュメルは首を振って小さく笑う。

「これは俺が受け止めなければならないことだ」

「……でも、完全に終わってはいないんじゃない？」

その時、ふいにレイラが声を発した。

「アレウスも気づいてるんでしょう？」

「……まあね」

「ん？　何がだ？」

「レギアは魔術を使えないからわからないのよ」

レイラの眼差《まなざ》しがイシュメルを射貫《いぬ》く。

「そこにまだあるのでしょう？　……『魔王の種子』」

「へえっ⁉」

レギアがその場に似合わない素っ頓狂な声を上げた。イシュメルは彼女の視線を受け止めてからゆっくりと目を伏せる。

「……ああ。その通りだ」

「微弱だけど、魔力の脈動を感じる……。ということは育っているということじゃないの？」

「おいレイラ」

「いいんだ、リカルド」

指摘してくるレイラをリカルドが制しようとするが、イシュメルはそれを窘《たしな》めた。

「俺の中にはまだ魔王がいる。このままではいずれ、再び魔王化するだろう」

その場の空気が緊張するのがわかった。部屋の中にいる全員がイシュメルを見ている。だがリカルドと、彼以外の仲間の視線の意味はまるで異なっていた。

「……イシュメルはそれを、どうするつもりだい？」

アレウスの声は理性的だった。

「正直、わからない」

「……リカルド、あなたちゃんと蘇生させたんでしょうね」

「ちゃんとやった。手順に間違いはないはずだ」

リカルドはアレウスに向き直った。

「こいつを蘇生させる時に反対したのは、このことが理由だったのか」

「君のイシュメルに対する気持ちはわかっていたからね。言って聞くようなものじゃないと思っていた」

だが、と彼は続けた。

「危惧していた事態になってしまった以上、この先の対応を考えねばならない。わかるな？」

「どうすれば『これ』を取り除ける。知っているのかアレウス」

イシュメルの問いにアレウスは困ったような顔で答える。

「おそらくリカルドが今試している方法があると思う」

イシュメルを抱き、その体内に精を注ぐという方法を、彼は可能な限り濁して言った。

「それで効果がない場合、最も物理的な方法が効果的だと思う」

「というと？」

「君の腹を開き、体内に巣くうそれを引き剥がして破壊することだ」

「——」

「ただしそれをすれば、君はまたしても命を落としてしまうことになる」

「そんな方法は取れねえぞ」

リカルドが低く唸《うな》るように言った。

「こいつを二度も死なせてたまるか」

「君はそう言うと思ったよ。それに、蘇生魔術はそう何度もかけることはできないからね。使った人間にはもう蘇生魔術を使うことはできない。つまりリカルドはもうイシュメルに何かあっても蘇生させることはできないというわけだ」

それを聞いてリカルドは心底嫌そうな顔をして横を向く。

「俺はもう魔王になどなりたくない、アレウス」

「そうだろうね」

「もしも最悪の事態になりそうだった場合、頼んでもいいだろうか」

「イシュメル！」

リカルドは激怒したようにイシュメルを呼んだ。それに構わず、イシュメルはアレウスを見つめる。

「……いたしかたないだろうね」

「ありがとう」

「俺はそんなこと、絶対に許さねえからな！」

「……それなら、またお前が俺を殺してくれるのか」

イシュメルがそう言うと、リカルドはひどい苦痛でも受けたような顔をした。彼の拳が握られて震えるのがわかる。まるで自分がリカルドを傷つけてしまったようで、罪悪感に胸がちくりと痛んだ。

「……お前はもう魔王じゃない。魔王イシュメルは死んだんだ。お前が言うように、俺がこの手で殺した。ここにいるのはかつて俺達の仲間だったイシュメルだ」

リカルドの言葉に仲間達は黙り込む。

「そう言ってくれるのは嬉《うれ》しい。だが俺の中には現実に『魔王の種子』がある。それをどうするのか決めておかなくてはならない」

「だから俺が消してやるって言ってるんだろうが！」

「今のところ効果は見られないようだが？」

激高したように言い放つリカルドに、イシュメルは冷ややかに答えた。リカルドはぐっと言葉を詰まらせた。

「……ねえ、そんな言い方をしなくてもいいんじゃない？」

リカルドがやり込められているのが見ていられないのか、レイラが窘めるように口を挟んでくる。

「リカルドはあなたのことが大切なのよ。だから一生懸命になっているんじゃない」

「……大切にする対象を間違えていると思う。リカルドは君達仲間と、そして世界を優先すべきだ」

「俺は‼」

　リカルドの声が部屋に響く。

「俺はお前を犠牲にした世界なんてどうでもいい」

「リカルド……」

「……勇者にあるまじき言葉だぞ、リカルド」

　レイラの悲しげな声とイシュメルの感情を押し殺した声。だがリカルドはもう傷ついた顔をしてはいなかった。その代わり、彼は怒っていた。

「そんな称号はどうでもいい。あんな仕組みになっていたと知ってたら、魔王なんて斃さなくともよかった」

　魔王を斃した者が次の魔王となる。最初にリカルド達が斃した魔王も、かつては世界の平和のための戦いに身を投じた者だったのだろうか。

　その連鎖はリカルドが宝剣を手に入れ、その剣でイシュメルを殺したことで止まったかのように見えた。

「俺は、お前が――――、お前さえいたら」

「それ以上は言うな！」

　仲間達の前でその言葉を言わせてはならない。彼は英雄であるのだから。

「今日はこのへんにしようか」

だが、一触即発の場の空気を破ったのはアレウスだった。

「リカルド、イシュメル。君達の間では意思決定が共有されていないようだね。もっと二人で話し合ったほうがいい」

他の話はそれからだ、と言われ、結局その日はお開きになってしまい、その場で解散した。

(結局魔王城の生き残りの話はできなかったな)

それでもリカルドと話し合わなくてはと思い、イシュメルは素直にリカルドと同じ部屋に戻った。


「お前、どういうつもりだ。勝手にあんなことを決めるなんて」

「あんなこと、とは?」

「アレウスに言ったことだよ」

リカルドは努めて感情が昂《たか》ぶるのを抑えているように見えた。彼からはあからさまな怒気が伝わってくる。

そう、彼はいつも怒っていた。イシュメルが目覚めた時からずっと。

「仕方がないだろう。お前ができないのなら他の者に頼むしかない」

「……なんでそんなひどいこと言うんだよ」

彼の声がふいに弱気に陰る。これまでそんなリカルドの声を聞いたことのなかったイシュメルは思わず動揺した。

「俺は、あの時だってお前を殺したくなんかなかった。魔王になってたってイシュメルはイシュメルなんだ。けど、優しいお前は世界を傷つけるのは本意じゃないはずだ。だから俺は宝剣を探して――」

ベッドに座り、頭を抱えるようにして呻《うめ》くリカルドをじっと見つめる。それからそっと彼の側に座るとその頭を撫《な》でるように触れた。

「すまない、リカルド」

生まれ育った村で、イシュメルはいつも一人だった。封印を守る家の者として煙たがられ、誰も側に寄らなかった。

そんなイシュメルの前にリカルドが現れた時、見ていた世界が鮮やかに色づくのを感じたのだ。一緒に行こうと言われた時、どんなに嬉しかったことか。

「俺は、お前が生きる世界をもう傷つけたくない」

それくらいなら、世界中の罪と咎《とが》を背負い、それらを引きずって冥府へと赴く。それが彼に対する恩返しだと思った。

「だから世界がどうでもいいなんて言わないでくれ。ここにはお前を愛する者がたくさんいる」

「お前は？」

リカルドが顔を上げてイシュメルを見つめる。強い意志を宿す青い瞳は、今はどこか悲しそうだった。

「お前は俺を愛してくれねえの？」

「愛しているよ」

それはイシュメルの本心だ。だがイシュメルの愛し方は、リカルドには納得がいかないものらしい。

「なら、俺の側にいろよ！　俺の隣で、笑って、飯食って、一緒に朝と夜を何度も迎えて！　そんで抱き合って、一緒に気持ちよくなれよ！」

リカルドはまるで聞き分けのない子供のようにそんなことを言う。

「……ほらまた困ったように笑う。なんで全部一人で決めちまうんだよ」

彼の腕がイシュメルを抱きしめた。彼の胸に包まれて、もはや慣れ親しんだ熱にそっと目を閉じる。

「どうしたらいいリカルド、って俺を頼ってくれてもいいだろうがよ、クソがっ！」

ぐるんと視界が反転して、ベッドの上に押し倒された。イシュメルは抗《あらが》わず、彼の背に腕を回した。てっきり抵抗されるかと思っていたのか、リカルドが少し驚いたような顔をする。

「……俺は、ずっとお前に甘えている」

宝剣で貫かれた時に見た彼の顔を覚えている。苦渋に満ちた表情。

リカルドが自分を好いてくれているとしたら、自分は彼にどれだけひどいことをしたのか。そしてイシュメルはまた今も自分を殺せと告げているのだ。死ぬのなら彼の手にかかって死にたい。それが甘えでなくて何だというのだろうか。

「俺の中に注いでくれ、リカルド」

それで体内の『魔王の種子』が消えるのなら、どれだけいいだろうか。

この方法はもはや望みが薄いとわかっていても、それに縋《すが》りたいと思っているのはイシュメルの弱さだ。

「……ああ、わかったよイシュメル」

頬に触れた彼の指先はひどく熱かった。イシュメルは自分の中の肉欲が頭をもたげてくるのを感じる。理由などどうでもいいから、リカルドに抱かれたいと。

「めいっぱい注いでやるよ。いつものように」

唇が重なってきた。ゆっくりと重ねる角度を変え、互いの舌を味わうような淫らな口づけ。それだけで感じてしまって、イシュメルは鼻にかかった声を漏らす。

「ん、ん…ん、ふう…っ」

「イシュメル…、好きだ…っ」

「リカルド、リカルド……っ」

呼び合う互いの名に切羽詰まった響きが込められていた。唇から首筋を吸われながら肌をまさぐられて身悶《みもだ》える。衣服の間から差し込まれた指先に胸の突起を捕らえられ、びくん、と身体を震わせて声を上げた。

「んぁ、あっ」

そこは軽く転がされただけで簡単に固くなる。爪の先でかりかりと引っ掻《か》かれ、くすぐったいような痺《しび》れるような甘い快感が込み上げた。

「はう、ああ…っ」

「もう尖《とが》ってきた」

乳暈《にゅううん》を撫で回され、また突起を嬲《なぶ》られると背中が浮く。腰の奥にまで響く快感に声が我慢できなかった。

「ここ、しゃぶりてぇ」

「んぁあ…っ」

乳首に吸いつかれ、敏感な突起を強く弱く吸引されると腰が勝手に浮く。互いの兆し始めたものが布越しに触れ合い、擦りつけ合った。

「ん、んっ、あっ、ま、待…て、出るっ……」

イシュメルのほうはもうイきそうになっていて、慌ててリカルドを制した。このままでは服の中に放ってしまう。外出先でそれは少し困るかもしれないと、妙に現実的なことを考えた。

「だな。脱がさねえと」

リカルドもそう思ったのか、イシュメルの衣服が引きずり下ろされる。無防備な部分が一気に外気に触れた。リカルドも性急に自分の衣服を脱ぎ捨てる。

「あ、……っ」

その鍛えられた肉体を目の当たりにして、身体の芯がカアッと熱く疼《うず》く。この身体に今からめちゃくちゃにされるのだ。そんなことを考える自分の浅ましさに呆《あき》れる思いだった。

「続きな」

「んん、ああ…っ」

また乳首に吸いつかれて膨らんだ突起を舐《な》め回されると、背中の震えが止まらなくなった。

それと同時にリカルドのもので自分のそれを擦られ、裏筋が擦れ合う刺激に腰骨が焦げつきそうになる。

「は、ア、あぁ――……っ」

イシュメルもまた無意識に腰を揺らしてしまった。互いの先端から溢《あふ》れたものがくちゅくちゅと卑猥《ひわい》な音を立てる。

「は、あっ、い、イく、いく…っ…！」

「んん…？　イきそうか？　気持ちいい？」

息を弾ませ、リカルドが熱い響きで囁《ささや》いてきた。

「あ、んっ、んんっ、リカ、ルドっ、いぃ……っ、ああっ！」

次の瞬間、腰の奥に強烈な快感が走り、イシュメルはひとたまりもなく達した。先端の蜜孔から弾《はじ》けた白蜜が自身と彼のものを濡《ぬ》らす。だがリカルドはまだ出していなかった。

「相変わらずすぐイくのな、お前……。可愛《かわい》いよ」

耳や首筋に口づけられながら優しく囁かれ、イシュメルは恥ずかしくなってしまう。今夜の彼は――――、いや、リカルドは最初からずっと優しかった。罰を与えると言いながらも手酷《てひど》く扱われたことは一度もない。苦しいほどの快楽が罰だというのならそうなのだろうが。

「あ……っ」

身体を返され、うつ伏せにさせられて、首から背中にかけて口づけられる。敏感な背筋に舌を這《は》わされると身体中がぞくぞくと疼いた。

腰を持ち上げられ、双丘を開かれて、縦に割れた後孔にぬるりと舌を這わされる。

「んん、あぁぁ…っ」

ほんの少し舐められただけで、じんじんと中が熱を持った。

「ああ、やっ、そ、こはっ……」

「すげえ、ひくひくしてる」

ぴちゃぴちゃと音を立てられながらそこをねぶられる。開かされた内股がぶるぶると震えるのを止められない。中に唾液を押し込むようにされると、内壁がじんじんと疼いた。

「ああ……っ、もう、リカルドぉ…っ」

そこに挿《い》れて欲しいとシーツを掻きむしりながら訴える。下腹の奥からじゅわじゅわと熱が込み上げてきて我慢がならなかった。

「挿れて欲しいのか？」

「んっ、んっ……」

イシュメルはこくこくと頷く。背後のリカルドに向かってねだるように尻が突き出された。

「いい子だな、イシュメルは」

「…っあ、あ――…っ」

反った喉から切れ切れの声が漏れる。イシュメルの後孔は確かに挿入を得たが、それはリカルドの男根ではなく、二本の指だった。すっかり柔らかくなって蕩《とろ》けている媚肉《びにく》の中を巧みな指が焦《じ》らすように動く。

「は、んぁ、ん、く…っ、あ、あっ」

「お前の好きなとこ……、指でも可愛がってやるからな」

そして神経の密集しているような弱い場所をリカルドの指の腹で転がされた。その途端に腹の奥から痺れるような甘い快感が込み上げる。

「んっんっ、あぁぁあ」

イシュメルは思わず彼の指を締めつけ、腰を震わせた。

「――…っ、あっ、あっ」

リカルドの指先でそこをくすぐられるように刺激されると、切羽詰まった声を漏らしてしまう。イシュメルは反らした背をぶるぶるとわななかせながら喘《あえ》ぐのだった。

「だ、め、リカルド、そこ、んあっ、あっ！」

「ここが好きなんだろ?」

指の腹でじゅくっ…、と押されると、仰《の》け反《ぞ》った喉から「ひい…っ」という声が零《こぼ》れる。

頭の中がふわふわして、何も考えられなくなった。

「こうして、転がしてやるとさ……、お前こっちもすげえことになるの」

「あはぁあっ」

リカルドがイシュメルの前に回した手で股間の屹立《きつりつ》をそっと撫で上げる。それだけで下半身が崩れそうな快感に包まれた。前後を同時に責められるとどうしたらいいのかわからなくなる。

「あぁぁ、あっ、あっ、あっ、――――～っ！」

卑猥な愛撫《あいぶ》にひとたまりもなく、イシュメルは達した。下肢を不規則に痙攣《けいれん》させてリカルドの手の中に白蜜を吐き出す。

「あ…あ、はう、う…っ」

イシュメルの体勢が崩れると、リカルドは後ろから指を引き抜く。イシュメルの肉洞が喪失感にひくひくと蠢《うごめ》いた。

「あ…っ」

そこに再び押し当てられたものは、圧倒的な質量と熱を持っていた。これは指なんかじゃない、リカルドの。

「んううう…っ」

彼の長大で逞《たくま》しいものが肉環をこじ開け、ずぶずぶと音を立てて押し這入《い》ってきた。身体中が総毛立ち、内奥が悦《よろこ》んで彼を迎え入れているのがわかる。

「あああぁあ、〜〜っ」

イシュメルはいつものように挿れられただけで達してしまった。肉洞のリカルドをきつく締めつけ、ベッドの上に完全に突っ伏してしまう。するとそこにリカルドが覆い被《かぶ》さってきた。

「いいのか…？　そんな格好になって。逃げ場ねえぞ」

「あ、あっ、んんあっ！」

ずうん、と突き上げられ、火照った喉から嬌声《きょうせい》が出る。リカルドは容赦なくイシュメルの内部をかき回してきた。両腕を押さえつけられ、じっくりと腰を使われて、耐えられない快感に襲われる。

「あ、んっ…、んん――――…っ」

「っ…と、少し、声抑えろ」

背後からそう囁かれてイシュメルはハッとした。近くの部屋には仲間達がいる。

「俺は聞きたいが、他の奴らにはあんま聞かせたくねえんだよ」

「んっ、あっ、で、でき、な…っ」

気持ちが良すぎて声が勝手に出てしまう。そしてリカルドは手加減するどころか、よりイシュメルが乱れるような抽送を繰り返すのだ。

「しょうがねえな」

「ああっ」

一際深く突かれ、ぐりぐりと抉《えぐ》られる。その瞬間に頭の中が白く濁った。

「あ、あああ、それ、それ、んぁっ、声、出る…っ」

「イシュメル」

「んううう……っ」

背後から顎を掴《つか》まれ、後ろを向かされて口を塞がれた。舌を吸われて快楽の悲鳴がぐもったものになる。イシュメルの身体が小刻みに震えた。またイってしまったのだ。

「……またイった?」

「んあ、あ、あんん……っ」

「……俺も、もう出そうだ」

リカルドのものが体内でどくどくと脈打つ。中に出してもらえる。そう思うとイシュメルはまた高まってしまうのだ。

「リカ、ルド、いちばん、おくっ……」

「ああ、わかってる」

一番奥で出して欲しい。リカルドはそれをわかっていると言って、自身を根元まで突き立てた。これまでで最も深い場所に這入《はい》り込まれ、強烈すぎる快感が全身を包む。そして灼熱《しゃくねつ》の飛沫《しぶき》がそこに叩《たた》きつけられた。

「……っぐ」

「ふあああああっ」

もう、誰かに聞かれるかもしれないなどということは頭になかった。雷に撃たれたような快楽がイシュメルを襲う。リカルドの白濁はたっぷりとイシュメルの壁を濡らし、肉洞を満たした。

「……一滴も零すなよ」

「はあ、ああっ」

背後から抱き抱えられ、横を向かされる。もちろんリカルドのものは這入ったままだ。そのまま片脚を持ち上げられ、ゆっくりと揺らされる。

「んう、んんんう…っ」

言いつけられた通り彼が放ったものを漏らすまいと後ろを食い締めていた。その内壁を振り切るように擦り上げられ、ぐちゅ、ぐちゅ、と卑猥な音が響く。イシュメルは達したばかりで更に加えられるその甘い責めに身悶えた。

リカルドがそんなイシュメルの敏感な肉茎を後ろから捕らえ、根元から搾るように優しく可愛がる。

「ああっ、ああ…っ！」

「全部お前の中に出してやるからな」

リカルドの動きは、先ほど放ったものをイシュメルの内壁に執拗《しつよう》に擦りつけようとでもしているようだった。そして奥をごつごつと突かれる毎《ごと》に脳天まで快感が突き抜ける。

「あっ、イくっ、ああっ、いい、いぃ……っ」

「可愛いぞ、イシュメル、気持ちいいんだな」

リカルドが握ったイシュメルの肉茎の先端からは愛液がとろとろと零れていた。そこを親指の腹でねっとりと撫で回され、あまりの快感にびくびくと痙攣する。

「前も後ろも、めいっぱい可愛がってやる」

「ん、あ…っ、あっあっ！」

もはやイシュメルに声を抑えるなどという余裕はなかった。そもそもリカルドにはもう抑えさせる気がないのだろう。彼もまた余裕がないのだろうか。

「あ、あああ、あ、あ…っ」

断続的に奥にぶち当てられ、その度に絶頂に達していた。イシュメルはリカルドの肩口に後頭部を押しつけて恍惚《こうこつ》として喘ぐ。彼はその状態でまたイシュメルの奥深くに吐精した。熱いものを注がれる感覚に内壁が悦んで収縮する。

「……まだ、だ…っ！」

「んん、あああ！」

仰向《あおむ》けに組み伏せられ、両脚を持ち上げられてまた挑まれた。震える腕を伸ばすと、引き寄せられて強く抱きしめられる。

「イシュメル…、もう、何処《どこ》にも行くな……っ」

リカルドの熱い言葉がイシュメルの中に染みこんでいった。

(リカルドが好きだ)

その思いが全身を震わせる。

「リカ…ルド、リカルド、ああ…っ」

何度も唇を重ね合い、舌を吸い合って抱き合った。イシュメルは何度も極め、リカルドもまた熱い精をイシュメルの中に注ぎ込む。その度に訪れる多幸感に、ずっとこのままでいたい、と願った。願ってしまった。

やがて精も根も尽きて泥のような眠りに落ちるまで、リカルドとイシュメルは熱く甘く絡み合っていた。

夜半過ぎだろうか。暗い部屋の中でイシュメルの黒い瞳がぱちりと開いた。目の前にはリカルドが規則正しい寝息を立ててよく眠っている。イシュメルは外の気配に耳を澄ました。夜明けまでにはまだ時間があるだろう刻だ。

イシュメルは衣服を羽織るとリカルドを起こさないように起き上がり、そっとベッドを降りた。部屋の扉を開けると、廊下はしん、と静まり返っている。まだ皆寝ているのだろう。宿の階段を軋《きし》ませないようにして降り、扉を開けて外に出た。ふわりとした夜風がイシュメルの黒髪を舞い上げる。空を見上げると細い月が雲間に浮かんでいた。

「隠れていないで出てきたらどうだ？」

イシュメルは夜闇に向かって声をかける。すると誰もいないはずのそこから応えが返ってきた。

「相変わらずお美しい、イシュメル様」

黒い闇の中から一人の男が出てくる。黒い上着に白いドレスシャツを身につけていた。肩にかかるうねるような銀髪。その顔立ちは多くの女が見れば蕩けてしまいそうなほどに蠱惑的《こわくてき》に整っていた。

だがその双眸《そうぼう》は、血のように赤い。

「お久しぶりです、イシュメル様」

「――――ディメル」

イシュメルは低くその名を呼んだ。目が醒《さ》めた時から何かに呼ばれているような気がして出てきたのだ。

ディメル。かつてイシュメルが魔王として君臨していた頃、魔王城には何人かの配下がいた。リカルド達が城に攻め込んできた時にそれらも共に討伐されたが、逃げ出した者がいるというのは聞いた話だ。

ディメルは配下の中でももっとも狡猾《こうかつ》で無情な悪魔だった。人間の不幸を見るためなら、同族の魔物の命を犠牲にしても構わない。

「お前か。この辺りをうろついているという者は」

「うろつくなどと人聞きの悪い。私はただあなた様を探していただけですよ。我が君」

「その呼び方はやめろ。俺はもう魔王ではない」

「そのようですね。角も、紅の瞳も失った。――――しかし」

ディメルはその尖った爪でイシュメルを指差した。

「『魔王の種子』は、未だそのお身体にあるようだ」

「……っ」

　イシュメルは身構える。

「あの勇者達が城に攻め込んできた時、私は傷を負いながらも逃げおおせました。そして傷を癒やしながらずっとあなたを探していたのです。その『魔王の種子』が、私をあなたの元に導いてくださった」

　イシュメルの固い表情を前にしてディメルはおかしそうに笑った。

「それにしても、よりにもよってご自身を殺した勇者に慰み者にされるとは。あなた様もまんざらではないというのが困ったものです」

「リカルドはそんな男じゃない。たとえそうだとしても、それは俺への罰だ」

「罰？　あなた様が罰を受けるようなことをしましたか？」

　皮肉ではない。ディメルは本当にそう思っているのだ。魔物を世に放ち、人を傷つけることのどこが罪なのだと。この男は悪魔であり、人の世とは違う理《ことわり》で生きている。そんな存在をこれまで側に置いていたのかと、イシュメルは薄ら寒い思いを噛《か》みしめるのだった。

「忌々《いまいま》しい宝剣が『世界の罪咎《つみとが》』を封じてしまった。しかし、我らにはまだあなた様がいる。イシュメル様」

　ディメルがこちらに手を伸ばした。

「お迎えに参りました。私と一緒に参りましょう」

「……お前と？　何処へ？」

「魔界へ。そこでなら『魔王の種子』は瞬く間に育ちます。そしてあなた様は再び魔王となられ、この世界に今度こそ絶望をもたらすのです」

「……っ」

イシュメルは息を呑《の》む。

「俺はもうそんなことをしない。二度と魔王にはならない」

そう言い放つと、ディメルは少し困ったような顔をした。それはまるで我《わ》が儘《まま》な幼子を前にしたようにも見える。

「あの勇者に籠絡されましたか。それほどにあの男とのまぐあいがよかったと？」

ディメルがイシュメルを上から下まで舐めるように見つめた。その視線にイシュメルは思わず目を逸《そ》らす。つい先刻までリカルドに抱かれ、はしたなく喘いでいたのは事実なのだ。

「それとも、『魔王の種子』は交わりによって無効化する――――。そんな戯《ざ》れ言《ごと》を本気で信じていたわけではないですよね？」

「……何だと」

正直、一縷《いちる》の望みはあった。

「間違いだと言うのか」

「少なくとも実例を見たことがありませんのでね」

ディメルは芝居がかったような仕草で肩を竦《すく》める。

「そもそも、魔王の核となる重大な要素である『魔王の種子』が、男の精ごときで消えるとお思いですか？」

「……」

ディメルの言葉は筋が通っているように聞こえた。それでは、イシュメルはどうあっても再び魔王としてこの世界に仇《あだ》をなすことになってしまうのだろうか。

もう一度記憶を失い、リカルドのことも仲間のことも忘れて。

「あなた様の魔力を早々に回復するために生け贄《にえ》を取ってまいりましょう。なに、このあたりにも人間が増えたことですし、適当に女子供を攫《さら》ってくればいいでしょう」

まるで商店で野菜をみつくろうかのような調子で言われ、イシュメルはディメルを睨《にら》みつけた。

「黙れ。魔界へ帰るなら一人で帰るがいい」

「そういうわけには参りません。あなた様は魔王復活のための重要な器なのですから。男が欲しいのなら、僭越《せんえつ》ながら私が相手を務めましょう。なに、あんな人間よりは満足させて差し上げられますよ」

ディメルが一歩踏み込んでくるとイシュメルはそれに合わせて一歩下がった。

「触れるな」

「あまり聞き分けのないことを言わないでください。さあ――」

イシュメルに向かって手が差し伸べられた。だが次の瞬間、その腕に線が走り、ぽとりと地面に落とされる。

「――下がれ、イシュメル！」

ディメルとイシュメルの間に割って入ったのはリカルドだった。彼の剣が有無を言わさずにディメルを両断する。

だがディメルは斬られた線を晒《さら》しながらも、酷薄そうな笑みを浮かべ続けていた。

「おやおや、勇者ともあろう者が、問答無用で斬りつけるのですか？」

「貴様と話すことなんか何もねえだろ」

「……っリカルド！」

その場にリカルドが現れたことにイシュメルは驚いた。どうしてここに彼が。

「さすがに宝剣使いが相手では分が悪い。今日のところは退きましょう」

ディメルの姿が足元からすうっと暗くなる。

「イシュメル様。いずれまた、お迎えに上がります」

「二度と来るな。次は刻んでやる」

リカルドの物騒な言葉にディメルは微笑《ほほえ》み、やがて闇の中に消えていった。後にはしん、とした静寂が訪れる。

「――――大丈夫か」

リカルドが納刀するキン、という澄んだ音が響いた。

「聞いていたのか」

どこから聞いていたのかと言いたげなイシュメルの問いに、リカルドはばつが悪そうに頭をぐしゃぐしゃとかき回す。

「目が覚めたらお前がいないから、慌てて出てきたんだよ。そしたらあいつとお前が話しているのが聞こえて」

イシュメルはため息をついた。聞いていたのなら話が早い。

「リカルド。もう一度俺を殺せ。そしてもう二度と蘇生させるな」

「断る」

間髪容《い》れずに断られた。予想していたことだが、どうしてわかってくれないのかと思う。

「勇者ならば世界の行く末に責任を持ったらどうだ」

思わず声を荒らげると、リカルドは真面目な顔をして見つめ返してきた。

「それを言うなら、お前を『魔王の種子』入りで蘇生させたことにこそ責任あるだろうが」

「だから」

「お前をあんな奴なんかには絶対に渡さない。誰にも渡さねえ」

リカルドの腕にぎゅう、と抱きしめられた。伝わってくる熱に安堵《あんど》を感じはじめたのは、いつからだろうか。

「お前は嫌か。俺と生きるのは」

「……当初、まだ記憶が朧気《おぼろげ》だった頃、お前のことをどうかしているのではないかと思っていた」

当時のことを正直に告げると、リカルドはひでえな、と笑った。

「けど、そう思われても仕方がないかもしれないな。お前を蘇生させると言った時、アレウスにも正気かと言われた」

でも、とリカルドの腕に力が込められる。

「黙ってお前のことを世界に奪われるのは、どうしても我慢がならなかった」

「……リカルド」

「お前も少しくらいは俺のこと好いてくれてるんじゃないかと思ってたけど、それは俺のうぬぼれだったかな」

　苦笑するように告げるリカルドに、イシュメルは首を横に振った。

「それは――――違う」

　今となってははっきりと思い出せる。あの時自分が彼のことをどんなふうに思っていたのかを。

「好いていた。お前のことを、ずっと好きだった」

「イシュメル」

「許されるのならば、ずっと側にいたいと――――そう思っていた」

　だがイシュメルは魔王となり、リカルドと敵として対峙《たいじ》することになった。

　側にいることが許されないのであれば彼の手にかかって死にたいと、あの時のイシュメルはどこかで思っていたのかもしれない。

「俺はお前を諦めない、イシュメル」

　首筋に顔を埋めたリカルドが囁く。

「一緒に考えようぜ。どうしたらいいのかを」

　それで本当に解決法が見つかるのだろうか。イシュメルは未だ不安だった。けれどリカルドがそう言うのならどうにかなりそうな気がする。他者に希望を与えるという点で、まさしく彼は勇者であるのだ。

イシュメルは込み上げる不安に揺れつつも、リカルドを信じたいという自身の思いに従うことにする。

そんなイシュメルの腹の奥で、『魔王の種子』がどくん、と脈打った。


「ディメル――――、それがこの辺りで目撃されたという生き残りか」

「そうだ」

翌日、仲間達はまた一部屋に集まり、昨日の話し合いの続きをしていた。アレウスの部屋に集まり、イシュメルとアレウス、レイラがテーブルの席につき、リカルドとレギアがベッドのそれぞれ端と端に腰を下ろしている。

昨夜リカルドとイシュメルが部屋で何をしていたかは気づいてる者もいると思う。だが誰もそのことは口に出さなかった。

「奴は魔王城にいた配下の中で最も狡猾だ。そして再び俺を魔王にすることを画策している」

「思ったより大変なことになったわね」

「そんなことはさせない。そいつは俺が殺す」

「どうやって？　どこにいるのかもわからないのに」

「おそらく、奴はまた俺に接触してくるだろう」

「……イシュメルはもう、その悪魔の言葉に乗るつもりはないの？」

「無論だ」

即答したが、レイラを始め仲間達の反応は今ひとつだった。無理もない。彼らは魔王だった時の自分と戦っているのだ。その時の残虐さと容赦のなさはいくら記憶がなかったと言ってもすぐに切り替えられるものではないだろう。

「信じてもらえないのはわかる。この世界に俺が何をしてしまったのかもわかっているつもりだ。今はまだ見つからなくとも、その償いはきっとするつもりだ」

「君が今は私たちの仲間であったイシュメルだということはわかっているよ」

アレウスが躊躇いがちに口にする。向かい側でリカルドが睨んでいるので、圧がすごいのだ。

「だが、あの時と今とでは状況が違う――。わかってくれるね？」

「もちろんだ」

その時、それまで腑《ふ》に落ちないという表情を浮かべていたレギアがふいに声を出した。

「リカルドはすげえ苦労して宝剣探したりして、イシュメルのことを蘇生させて、今でもイシユメルのことを一番に考えているんだな。前から仲がいいと思ってたけど、そこまでは滅多なことじゃできないと思う。俺は二人の友情はすごいと思う！」

「あ、おう……」

曇りのない表情で告げられて、さすがのリカルドも毒気を抜かれたようだった。レギアは自分達の関係を純粋な友情だと思っている。なんだか気恥ずかしく、そして申し訳なく感じて、イシュメルは困ったように首を擦った。アレウスとレイラも微妙な表情で苦笑している。

「……そうだね。レギアの言う通りだ。どのみちこのままにはしておけない。ディメルへの対処と『魔王の種子』を無効化する方法を考えよう」

「ありがとう、みんな」

「それでいいな？　リカルド」

「ああ」

一度は敵対したくせに、今更どの面を下げて目の前に現れたと言われるかと覚悟していたイシュメルだった。だが彼らは戸惑いつつもイシュメルの今の状況を鑑みてくれて、仲間として扱ってくれる。そうでなければとっくに排除されていただろう。リカルドの手前だということを差し引いても自分は恵まれている、と思った。

「じゃあ、これからのことだが――」

リカルドがそう告げた時だった。

遠くのほうで地響きのような音と微《かす》かな振動が聞こえてくる。その異変に部屋にいた全員が気づいた。

リカルドが窓を開けて外の様子を窺《うかが》う。それに続いた仲間達とイシュメルは息を呑む。

町から数百メートル離れた森の中から、人型をした石の巨人が歩いてくる。それは真《ま》っ直《す》ぐにこちらに向かってきていた。それに気づいた町の者が悲鳴を上げて逃げ惑い始める。

「あれって――――」

「ゴーレムだ。何故《なぜ》今こんな場所に」

ゴーレムは岩石でできた巨人の魔物だ。通常はもっと険しい山奥に生息するものだが、召喚術に長《た》けた者が好んで喚《よ》び出す。その質量と重さから、破壊を行うには効率的だからだ。

「おそらくディメルが喚び出したんだ」

「対処するぞ！」

リカルドの号令と共に、仲間達は次々に外へ飛び出した。

「ああ、リカルドさん達！」

「危険だから反対側の入り口から山の中に避難してくれ。あいつは町の中に入られる前に俺達が仕留める」

助けを求める住人達に指示を飛ばすと、彼らはその通りに動いてくれて、自主的に避難誘導を買って出る者達も現れた。

「せっかく平和が訪れたのよ。もう二度と誰も傷つけさせない」

レイラの言葉に皆が頷く。以前の混乱をもたらしたのは自分なのだという感傷を今は押し殺した。アレウスとレイラがロッドと杖《つえ》を。レギアとリカルドがそれぞれの武器を構える。

「イシュメル、君の杖は?」

「ない。けれど問題ない」

魔術師やシスターなどの魔法職は総じて杖やロッドを使う。体系だった魔術を使うには出力装置が必要であり、それが杖だったりロッドだったりするわけだ。それがないと単に魔力や法力の放出しかできない。もちろんそれでもダメージを与えることはできるが、術式があったほうがより効果的なのだ。

町の入り口から出て移動し、自分達はゴーレムの近くまで到達した。

「見上げるほどの巨人だな」

レギアが言った通り、ゴーレムはゆうに十メートルは超えていた。まずレギアが斧《おの》を振りかざして斬りかかる。こういった『硬い』相手との戦い方はすでに皆把握していた。魔力を持たないレギアは関節部を狙って攻撃を叩き込む。戦士の強力な一撃を受けてゴーレムはぐらりとよろめいた。そしてリカルドがゴーレムの体を駆け上がるようにして首を斬りつける。

アレウスが攻撃魔法を放つと、ゴーレムが膝をついた。

「今だ！」

その声に応えてリカルドが跳躍し、ゴーレムに一撃をくらわせる。だが、倒すまでには至らなかった。振り上げた腕がリカルドを襲い、かろうじて躱《かわ》す。着地した時に彼は舌打ちをした。

「ちっ、かてえな……」

イシュメルは体内で魔力を練り、それを右腕に集めた。ただの魔力の塊でもダメージは与えられる。先日、館の中庭で倒木を両断したことを思い出した。

接合部を狙ったほうがよい。一番効果のありそうな接合部はどこだ。

首だ。

腕を下から上へと薙《な》ぎ払い、魔力を放出する。それは弧を描く刃のようにゴーレムの首に襲いかかった。命中した瞬間にゴーレムの動きが止まる。

「リカルド！」

イシュメルが声をかけた瞬間、彼は再び跳んだ。振りかざした宝剣がゴーレムの首を両断し、それが大きな音を立てて地面に落ちる。同時に巨体がぐらりと揺れ、どう、と地響きを立てて倒れた。

いくらも経《た》たないうちに、それはただの土塊へと姿を変えてゆく。リカルドは軽く息をついて剣を鞘《さや》に納めた。

「すげえなイシュメル！　杖もなしに魔力の放出だけでこれだけ戦えるんだな！」

無邪気にイシュメルを称賛したのはレギアだった。

「私も驚きました。ずいぶん魔力が回復していたのですね」

「蘇生からの魔力回復はそれなりに時間がかかるものだけれど……」

アレウスとレイラの言葉には、それは純粋な魔力回復ではないだろうという含みが込められていた。

イシュメルは自分の右手を見つめながら答える。

「おそらく『魔王の種子』の影響だ」

二人は顔を見合わせた。

「今の俺の状態を隠すことなく見てもらおうと思った」

イシュメルは魔術と法術に長けた二人を順番に見つめる。

「……さっきのあなたの攻撃からは、以前戦った時のあなたと同じような波動を感じたわ」

やはり、とイシュメルは目を伏せた。

「自覚はなくとも、徐々に魔王化が始まっているということか……」

独りごちると、リカルドが後ろから強く肩を掴んでくる。

「約束したろうが。まだ諦めるなよ」

「……ああ」

振り向いて視線を合わせたリカルドに小さく笑いかけると、視線の端でレイラが顔を背けるのが見えた。

「だがとりあえず、ゴーレムに町が襲われるという危機を回避できた。幸いこの町はかつての魔王城に一番近い。何か文献が残っていないかどうか、町の資料館に行って調べてみるよ」

アレウスの声に一同は頷き、町へ戻る。リカルド達が魔物を倒してくれたということで住民達は更なる感謝をリカルド達に寄せた。

「リカルドさん達がいれば安心だねえ」

「でも、もう魔王はいないはずだろ。あんなでかい魔物が出てくるなんておかしくないか」

「そりゃ、急にはいなくならないだろ」

「俺はまた魔王が復活したのかと冷や冷やしたぜ」

そんな会話が聞こえてきて、イシュメルは聞こえない振りをする。隣を歩いていたリカルドがぎゅっと腕を掴んできた。

リカルド達はいったん解散ということになり、アレウスは町の古い文献を漁《あさ》りに資料館へ、レギアとレイラはとりあえず自分の家に戻るという。

「君達は何かわかった時のためになるべく近くにいて欲しいんだが」

「わかった。じゃあ宿にいるから」

「アレウス、俺も一緒に調べに行こうか」

自分のことなのに彼に任せてしまうということが心苦しかったイシュメルはそう申し出たが、丁重に却下されてしまった。

「資料は古語で書いてあるものも多い。君は古語は読めないだろう。気持ちだけ受け取っておくよ」

それに、と彼は続けた。

「君と長い時間一緒にいたら、リカルドに何をされるかわからないからね。昨夜ほど耳栓を持ち歩いていてよかったと思ったことはないよ」

「っ……」

やはり昨夜は聞こえていたのだと知って、イシュメルは耳まで赤くして絶句する。リカルドはばつが悪そうにそっぽを向いていた。

「では、また後で」

アレウスはそう言って去って行った。

「さて…と、俺達はどうする？」

「一度宿に戻ろうか。落ち着いて考えたい」

「そうだな」

微妙な空気に気づかない振りをして逗留《とうりゅう》していた宿に戻る。その道すがらで考えていたことは、どうやって『魔王の種子』を無効化できる術《すべ》を探すかということだった。文献はアレウスが当たってくれる。では、自分がやるべきことは。

「リカルド、考えたんだが」

宿の部屋に入るとイシュメルは彼に告げた。

「もしかしたら魔王城に何かあるかもしれないと思うんだ」

「あそこは今、誰もいないだろ」

魔王だったイシュメルが斃されたことによって、魔王城は廃城となり、見る影もないほどに朽ちている。

「けれど思い当たる場所は俺にはそこしかない」

そう思うといてもたってもいられなくなり、戻ったばかりの部屋から出て行こうとするのをリカルドに止められた。

「落ち着け。さっきアレウスにこの町にいろって言われただろ」

「そう…だが、でも」

「大丈夫だ。お前はまだ魔王になったりしない。俺の知っているイシュメルだよ」

両手を握られ、真摯な顔が迫ってくる。唇が重ねられ、軽く吸われた後で離れた。

「な？」

「そ…うだな。すまない。焦ってしまっているようだ」

焦りは禁物だ。これまでの旅と戦いの経験からそんなことはわかっているはずなのに、動きたいと思ってしまう。先刻の戦いでアレウスとレイラに驚愕《きょうがく》の色を浮かべた目で見られたのも一因だった。事態は思っていたよりも深刻なのだ。

「何があっても俺がいる。不安なら俺が受け止めるから」

「……リカルド」

イシュメルが彼の名を呼んだ時だった。下腹の奥がどくん、と大きく疼く。

「……う、あっ…!?」

続いて身体の底からカアッと熱が込み上げてきた。覚えのある感覚。肌がいっせいにざわつき、立っていられなくなった。

下腹に刻まれた淫紋の奥が蠢く。本能の暴走。先ほど力を使ったからだろうか。『魔王の種子』が活性化し、その影響として肉欲が昂ぶる。

「イシュメル⁉」

「……すまな、い、リカル、ド……っ」

頽《くずお》れそうなところをリカルドに支えられた。だが彼に触れられただけでそこから快感が走ってしまう。

「あううっ……！」

「イシュメル、どうした、苦しいのか？」

「ち、がっ……」

はあはあと熱い息を吐き出す。紅潮した頰と濡れた瞳。それでリカルドはイシュメルがどういう状態なのか理解したようだった。彼はイシュメルを何の苦もなく抱き上げる。

「今楽にしてやる」

「あっ……」

イシュメルはベッドに下ろされた。ひやりとしたシーツの感触にさえビクついてしまう。

今から抱かれるのだと思っただけで身体の芯に引き絞られるような快感が走った。衣服を乱され、下肢のそれを引き剝がすように下ろされて、恥ずかしいのにまったく力が入らない。

「すぐ挿れていいか？」

そうして欲しいのはイシュメルのほうなのに、彼は自分がしたいのだというように言ってくれる。そんなリカルドの優しさに泣きそうになりながらも、余裕のないイシュメルは何度も頷くしかなかった。足を開き、そこにリカルドの腰を受け入れる。服の中から引きずり出されたリカルドのそれは、猛々《たけだけ》しく天を仰いでいた。それを目にしたイシュメルの喉がひくり、と上下する。

「は、やく、ぅ……っ」

「ちょっと待て。すげえぬるぬるして……」

イシュメルが濡れすぎて狙いが定まらないと彼はぼやく。それでもどうにか体勢を整えて、彼は腰を進めてきた。

「んあ、あああぁあ……っ」

頭の中にバチバチと火花が散る。肉体の中心を貫かれて、あまりの快感にイシュメルはひとたまりもなく達した。

「んっ、んっ！　あっ、ああっ！」

そもそも、挿入の刺激だけでイシュメルはいつも極めてしまう。ましてや今のような、肉体を強制的に発情させられている状態では少しも耐えられるはずがないのだ。

リカルドはイシュメルが達してもお構いなしに突き上げてくる。イシュメルが一番感じるゆっくりとした抽送で、時折奥にずん、と強くぶち当てられた。

「はっ、はぁあっ、っ、〜〜〜っ」

感じる粘膜を擦られるのがたまらなくて、またイきそうになる。あまりに容易《たやす》く達してしまうのが恥ずかしくてどうにかして耐えようとした。だがリカルドが親指の腹でイシュメルの唇をなぞる。

「我慢なんかするなよ。好きなだけイっていいから」

「あ、――――〜っ！」

彼にそう言われただけで、イシュメルは軽く極めてしまった。

「リカ…ルド、あっ、んん――…っ」

互いの下腹の間でそそり立っているものが白蜜を弾けさせる。狭い精路を凄《すご》い勢いで蜜が駆け抜けていく感覚が身震いするほど気持ちがよかった。

「イシュメル……」

「ん…っ、ん――…っ」

口を塞がれ、強引に舌をしゃぶられて甘く呻く。彼に口の中を舐め上げられる度に腰の奥が収縮した。

リカルドに上体を起こされて抱き上げられる。彼を深く咥《くわ》え込んだままで膝の上に乗せられてしまい、自重で更に奥へと迎え入れた。

「あうう…っ」

「これなら好きに動けるだろ?」

そう言って彼は身体を後ろに倒し、イシュメルは完全にリカルドに乗り上げる体勢になってしまった。

「あ……あ」

リカルドの身体の脇に両手をつく。ぎこちなく、けれど身体の望むままに腰を上下すると、全身が燃え上がるような快感に包まれた。

「う、あっ、あぁぁあ…っ」

ぬぷ、ぬぷ、と卑猥な音がする。腰を上下させる毎に下肢から身体中へと甘く痺れる快感が這い上がってきた。イシュメルは喉を反らし、長い髪を振り乱しながら恍惚として喘ぐ。口の端から唾液が滴り落ちた。

「あ、あ…っ、うう……っ」

だが感じすぎたことが災いしたのか、身体に力が入らなくなって次第に動けなくなっていく。イシュメルは助けを求めるようにリカルドを見下ろした。

「リカルド…っ、頼む…っ」

「頼まれたら引き受けねえとな」

リカルドの両手がイシュメルの腰骨を鷲摑《わしづか》みする。次の瞬間、彼は下からずうん、と強く突き上げてきた。

「く、あ――――」

頭の中が真っ白になる。そのまま小刻みに突き上げられて、自分の上体を支えていられなくなった。リカルドの上に倒れ込むようにして喘ぐ。

「んん、あ、あっあっ、ひ、ぃ、いいっ…あぁあ……っ」

全身が燃え上がるようだった。リカルドのものの先端がイシュメルの奥の壁に当たる度に、総毛立つような快感が押し寄せてくるのだ。時折そこをぐりぐりと捏《こ》ね回されると、たちまち絶頂寸前へと追いつめられる。

「あああ、い、いく、イく……っ！」

思い切り締めつけると、リカルドの形がはっきりとわかった。きっと自分も、もう彼の形になっている。

「ああ…、俺も、そろそろだ」

息を切らすようにリカルドが呟《つぶや》いた。突き上げる律動が速くなり、腰骨に指が食い込む。

「んあっ、あああっ！　リカ…ルドっ、あああ――…っ！」

背と喉を反らし、イシュメルは深い絶頂を得た。

「イシュメルっ……！」

内奥に感じる熱い飛沫。それを一滴も漏らすまいと、イシュメルは無意識に後ろを食い締める。腹の中が彼の種で満たされていくのが心地よかった。

「ふ、う……あ」

がくり、と項垂《うなだ》れてリカルドの上に倒れ込む。すると彼は器用に体勢を変えて横向きになった。まだ互いは繋《つな》がったままで。

「ん、ん……ん」

情動のままに舌を絡め合う。身体の疼きはまだ収まってはおらず、肉体は快楽を欲していた。口を合わせながらまだ内奥にいる彼を締めつける。

「こら、あんま締めんな」

「あっ…、や」

それが肉洞から引き抜かれようとするのを嫌がってかぶりを振った。そんなイシュメルにリカルドは優しく口づける。

「またすぐにやるって」

「んんっ」

体内から抜ける喪失感に声を漏らした。リカルドはイシュメルを組み伏せると、今度はその身体を愛撫する。乳首を舌先で転がされてびくびくとわななないた。

「んあっ、あっあっ」

胸の先からじんじんと気持ちのいい波が広がってゆく。敏感なイシュメルの突起はほんの少しの愛撫にさえ耐えられなかった。

リカルドは二つの突起を交互にたっぷりと可愛がった後、頭を徐々に下げていく。

「あ……っ！」

イシュメルの声が羞恥と期待に上擦った。リカルドは大きく広げた脚の間でそそり立っているものを根元から舐め上げる。

「ああ…っ」

ぬる、と口の中に含まれ、イシュメルの整った顔が喜悦に歪《ゆが》んだ。熱い舌がねっとりと絡みついてきて吸われると腰の奥が蕩けそうになる。

「ふ、うう、んんっ、っあ、ア、あぁぁあ……っ」

腰が浮く。イシュメルの背が仰け反り、力の入らない指がシーツを掻きむしった。震える脚の爪先がぎゅうっと内側に丸まる。

「お前、俺に舐められるの大好きだよな」

「ああっ、んあっ、あっ」

快楽のあまり答えられないが、リカルドの言うことは嘘ではなかった。イシュメルは彼に口淫されるとすぐに我慢できなくなってしまう。裏筋を何度も舐め上げられるとぶるぶると震えながら啼泣《ていきゅう》した。

「っ、す、き…っ、リカルド、好き…っ」

熱に浮かされたように漏らすと、リカルドが嬉しそうに忍び笑いをする気配を感じる。

「俺が好きなの、それとも俺にされんのが好きなの」

「…っ、そん、なの…っ」

リカルドだから、リカルドにされるのが好きなのだ。だが惚《ほう》けた頭ではうまくそれを伝えることができない。

「いいぜ。どれでも嬉しいから。ご褒美だ」

そう言うと彼はイシュメルの先端を口に含み、舌で優しく擦りだした。根元のあたりも指先でくすぐるように愛撫される。

「んんあっ、あっあ…っ！」

下半身が快感に占拠された。腰骨が甘く熔《と》け出してしまいそうだった。それだけでもたまらないのに、リカルドはイシュメルの後孔に指を二本挿入してきた。彼の精で濡れた内壁を優しくくすぐるように擦られる。

「ふぁぁ、あっ！　んんあぁ――…っ」

強烈な絶頂に襲われ、呑み込まれて、リカルドの口中に思い切り放った。彼がそれをためらいもなく飲み下すのに死にたいほどの羞恥を感じてしまう。

「は、あっ、ああ…あ……っ」

後始末をするように肉茎に舌を這わされるのにも感じてしまってしかたなかった。彼はそこで終わらせるつもりはないらしく、イって鋭敏になっているイシュメルのそれにちろちろと舌先を躍らせる。

「あっ、んんっ…、あ、だ、だめっ…、だ……っ」

「何で。びくびくして可愛いな」

断続的な、終わりのない快感にどうにかなりそうだった。身体の中ではまだ凶暴なほどの熱が渦巻いている。これはイシュメルの罪の証《あかし》。それがリカルドを求めている。

「は、あ…っ、あぁあ、リカル、ド…っ」

快楽に弱いイシュメルの肉体は少しも我慢することができずにまた絶頂に達してしまった。立て続けの極みに頭がおかしくなりそうだ。

リカルドがようやく股間から顔を上げてくれて、イシュメルは震える両腕を彼に伸ばす。リカルドはそれを引き寄せ、抱きしめてくれた。熱い肌が触れ合う感覚に恍惚となる。

「リカルド…っ、来て、くれ……っ」

「ああ」

リカルドの天を突くようなものが再び体内に押し這入《い》ってきた。

「んんうぅ…っ！」

身体の内側から蕩けてしまうような悦び。これに抗うことはイシュメルにはひどく難しい。内部を容赦なく穿《うが》ってくる彼のものにめちゃくちゃにされながら、イシュメルはこの時、確かに幸福のようなものを感じていた。


どこか獣のような交わりだった。窓から差し込む月明かりの中でふと目を覚ますと、リカルドはまだ眠っていた。月はすぐに雲に隠れてしまい、部屋の中はまた暗闇に満たされる。

イシュメルは喉の渇きを覚えた。あれだけ喘《あえ》いだのだ。無理もないだろう。

部屋の隅に置かれた水差しが目に入り、リカルドを起こさないようにそっとベッドを抜け出した。

コップに注いだ水を一気に飲み干し、ふう、と息をつく。ふと、目の前の壁に小さな鏡がかけられているのに気づいた。イシュメル自身が映っている。

その時雲が晴れ、月の光が部屋の中を照らした。同時に鏡の中の自分の姿もよく見える。その瞬間、イシュメルは大きく瞠目《どうもく》した。手の中からコップが滑り落ちる。

「────……っ」

そこに映っていた自身の瞳は、真紅だった。

魔王化していた時と同じその禍々《まがまが》しい色が、今自分の目の中にある。

（また、魔王化が進んだのだ）

その事実をどう受け止めたらいいのかわからず、しばしの間鏡の前で呆然《ぼうぜん》としていた。

次はどうなる。角が生えるのだろうか。そしていずれはまた彼のことを忘れてしまうのか。

「……イシュメル？」

コップが割れた音で目が覚めたのだろう。リカルドが起き出してきた。どこか様子のおかしいイシュメルと、その足元で散らばったガラスの破片を交互に見る。

「何やってんだお前…。怪我《けが》してないか？」

「……っ」

こちらを覗《のぞ》き込もうとしてくるリカルドに、咄嗟《とっさ》に顔を背けた。この瞳を見られたくはなかった。

「イシュメル？　どうした」

だがリカルドは怪訝《けげん》そうにイシュメルの顔を自分のほうに向かせようとしてくる。彼の大きな手に顎を捕らえられ、強引にそちらに持って行かれた。

「……っ！」

「……お前」

赤い紅玉のような瞳がリカルドを見つめる。潤んであやしく光るそれは息を呑《の》むほどに美しかったが、イシュメルにとっては不吉の象徴だった。

「リカル、ド」

リカルドは何も言わずにイシュメルを抱きしめた。下手に声をかけられなかったことがむしろありがたかった。今はどんな慰めの言葉も空虚に響いてしまっていただろう。

夜明けはまだ遠い。

絶望的にも思える夜の暗闇の中で、自分をしっかりと抱きしめてくれるリカルドの熱だけがよすがだった。

いつの間にか眠っていたらしい。もう朝になっていた。リカルドの腕の中で目を覚ましたイシュメルは、部屋のドアが激しく叩《たた》かれる音で目を覚ました。

「リカルド、イシュメル！　起きているか」

アレウスの声だ。起き上がったリカルドは、イシュメルに「待ってろ」とだけ声をかけると、ドアに近寄ってそれを開ける。そこにはめずらしく焦ったようなアレウスの姿があった。嫌な予感が胸をよぎる。

「どうした、何かあったのか」

「――――レイラが攫《さら》われた」

「何……!?」

レイラは今朝、薬屋の所に行く予定があり、店主と約束していたという。だがレイラが現れないので、何か急用でもできたのかと思っていた。そこへ買い物のためにアレウスが訪れたので、同じパーティーで行動を共にしている彼に尋ねてみたということだった。

宿に戻ってきたアレウスがレイラの部屋を訪ねると、そこに彼女の姿はなかった。

「テーブルの上にはこれが置いてあった」

アレウスは一枚のカードを差し出した。リカルドが受け取って見ると、そこには美しい筆跡でただ一言書いてあった。

な文字。

『魔王城で待つ』

「……おそらく、君達に宛てたものだと思うが」

イシュメルはベッドから飛び出し、リカルドの手からそのカードを奪い取った。神経質そう

「……ディメルのものだ」

イシュメルは顔を上げてアレウスを見やる。その瞳の色に彼は驚いたようだった。

「……その目は。イシュメル」

「力を使った反動かもしれない。だが、ちょうどいい。魔王城へは俺が行く。レイラを助けなければ」

踵《きびす》を返し支度を調えようとするイシュメルを、リカルドは慌てて追った。

「待て、イシュメル。一人で行かせられるかよ」

「奴《やつ》の狙いは俺だ」

「んなことわかってる。だがな、一人で行ってどうしようって言うんだ。奴を斃《たお》したとして、それでまた魔王化が進んだらどうする」

「……その時は」

「俺はごめんだからな。お前を二度も殺すのは」

イシュメルの足が止まる。確かに、自分一人で行ってどうなるものでもないかもしれない。だいたい今のイシュメル一人でディメルに敵《かな》うかどうか。

「私もリカルドの意見に賛成ですよ、イシュメル」

それまで二人の動向を見守っていたアレウスが口を挟んできた。

「力と知恵を合わせましょう。私たちはパーティーじゃないですか」

「アレウス……」

俺をまだ仲間だと言ってくれるのか。

リカルドも強く手を握ってきて、その力の強さにイシュメルは涙を堪《こら》えるのがやっとだった。


「すっかり廃墟《はいきょ》になってんな」

リカルドとイシュメルはかつての魔王城を訪れていた。幽玄で壮麗だった城はリカルド達が戦ったことによりあちらこちらが破壊され、今や廃城となっている。

アレウスとレギアは近くの森で待機してもらっており、ここに来たのはリカルドとイシュメルの二人だけだった。ディメルはイシュメルに一人で来ることを望んでいるはずであり、多人数で赴けば興が削《そ》がれたとあっさりレイラを殺してしまうかもしれない。それでもリカルドだけはイシュメルに同行することを譲らなかった。

錆《さ》びた鉄の門扉を見上げ、イシュメルは喉を上下させた。ここは以前の自分の罪の場所。

「大丈夫か、イシュメル」

「もちろん」

隣で気遣ってくれるリカルドに、イシュメルは頷《うなず》いた。

「行こう。レイラが待っている」

リカルドは頷いた。

「あいつはどこにいると思う？」

「十中八九、玉座の間だ」

「どうしてそう思う」

「ディメルは今夜、俺を魔王に仕立てあげるつもりなのだろう。俺を玉座に座らせて」

「芝居がかった野郎だとは思ったが、笑えねえ演出だな」

行くぞ、と言って、リカルドは巨大な門扉をくぐった。山から吹きつける風が外れかかった門扉を揺らし、ギイ、と耳障りな音を立てる。

前回攻略した時とは違い、魔王城に魔物の姿はほとんどいなかった。いたとしても下級の魔物だけであり、そんなものはリカルド達の敵ではなかった。

最深部までのルートは覚えている。長い回廊を通って大きな扉の前まで来ると、二人は足を止めた。

「いるな」

「ああ」

扉の奥から漂ってくる気配は間違いなくあのディメルのものだ。それと同時に、微弱なもうひとつの気配。これはレイラのものだ。

「行くぞ、イシュメル」

「わかった」

リカルドは蹴破るようにして扉を開ける。

そこだけは壮麗さを保っている部屋がイシュメル達を迎えた。

入り口から真《ま》っ直《す》ぐに玉座へと向かう緋色《ひいろ》の絨毯《じゅうたん》。天井には巨大なシャンデリアがぶらさがっていた。

だがよく見ると壁にかけられた布はあちこちがほつれて焼け焦げ、その石壁も欠けたところが目立つ。無理に一部だけ取り繕ったような張りぼて感があった。

「ようこそいらっしゃいました」

目の前の玉座にはディメルが座っていた。その横には大きな鳥かごのようなものがあって、中には亜麻色の髪をしたシスターが鳥かごの檻《おり》に上半身をもたれかけるようにして座っている。ぐったりと項垂《うなだ》れており、意識はないように見えた。

悪魔は歌うように話し出す。

「――お可哀想《かわいそう》なイシュメル様。人の心を取り戻したばかりに、こんな小娘のために私ごときとの取引に応じることになって」

「レイラに何をした」

イシュメルは杖《つえ》を構え、一歩前に出た。

「何もしてはおりませんよ。ただ眠っていただいているだけです」

リカルドもまた前に出る。

「レイラを返せ。すぐにだ」

リカルドがそう言うと、ディメルはうんざりしたような表情を作った。

「忌々《いまいま》しい。勇者というのは一方的に要求ばかり突きつけてくる。――死体でもよければすぐにお返しいたしますが？」

ディメルの煽《あお》るような挑発にリカルドの奥歯がぎりっ、と鳴る。

「ディメル。要求は俺なのだろう。その娘を離せ」

悪魔のほうへ行こうとするイシュメルの腕をリカルドが摑《つか》んだ。

「駄目だイシュメル！」

けれどイシュメルはするりと彼の手をすり抜ける。これまでリカルドが強引に抱こうとした時に容易《たやす》く腕の中に封じ込められた肢体は、今リカルドから離れようとしていた。

「……イシュメル……？」

何か変だ、と彼は思ったようだった。さすがは勇者だ。勘が鋭い。

イシュメルは手にした杖をがらん、と床に投げ捨てる。

「もっと早くにこうすべきだったんだ」

イシュメルは右手に魔力を集めた。白い手が魔力を帯び、ぼうっと青白く光る。

「おい、何する気だイシュメル」

切羽詰まった声を上げるリカルドに小さく微笑《ほほえ》んで、イシュメルはディメルに向き直った。

「お前は『魔王の種子』が俺に棲《す》みついている限り、魔王化から逃れられないと思っているだろう」

「それは事実ですね。『魔王の種子』はどんな魔術でも無効化することはできない」

「そうだ。魔術ならば」

イシュメルの右手により魔力が集まり、青みが深くなる。

どうしてもっと早くにこうしなかったのだろう。

きっと、リカルドに与えられた時間があまりに甘美で、できれば手放したくなかったからだ。

彼の屋敷で繰り広げられた愛欲の日々は、イシュメル自身も望んでいたことだから。

(けれどそれは俺のわがままだから)

世界を傷つけた報いは受けなくてはならない。

本当ならば、自分はあの時に彼の宝剣で死んでいた。今の自分はリカルドの温情によって生かされているにすぎない。

「――――リカルド」

イシュメルは背後のリカルドに呼びかける。

「ありがとう」

こんな自分を好きだと言ってくれて。

「イシュメル?」

怪訝な、どこか不安そうな表情を浮かべるリカルドに小さく微笑んだ。

そして、イシュメルは魔力を集めた右手を振り上げる。身構えるディメル。

次の瞬間、リカルドの目が大きく見開かれた。鋭く息を呑む音。

「――――‼」

イシュメルは鋭い刃と化した右手で自らの腹を裂き、ためらいもなくその手を突っ込んだ。

そして引きずり出した血に染まった右手に握られていたのは、植物とも生物ともいえない、奇怪な形をしたモノだった。

「な――――！　なんということを！」

ディメルが初めて狼狽《ろうばい》したように立ち上がる。

「これが……『魔王の種子』……」

それはイシュメルに強く握りしめられ、苦悶《くもん》に悶《もだ》えているようにも見えた。逃れようとしているのか、根のようなものがうねうねと蠢《うごめ》いている。

「逃す、ものか」

イシュメルは血に濡《ぬ》れた口の端で笑った。右手に魔力を込める。自分の生命力が恐ろしい勢いで削り取られていくような感覚がしたが、構わなかった。

「やめなさい！　それを離しなさい！　それをこちらに――――私に‼　……やめろおお‼」

ディメルが何か喚《わめ》いている。それを無視し、イシュメルは最後の力で自分の魔力を右手に集めた。

『魔王の種子』が、霧散した。

ディメルの怒号。

そしてリカルドの自分を呼ぶ声。

ああ……よかった。

これで。

これで魔王が生まれることは、もうなくなった。

イシュメルの身体《からだ》がぐらりと傾《かし》ぐ。薄れる意識。そうだ。死ぬというのは、こういう感覚だった。

自らの血だまりに倒れようとするイシュメルを抱き留めたのは、やはりリカルドだった。

「イシュメル……！　お前、おまえ、どうして……！」

「これで……、よかっ、た」

頬の上に熱い滴《しずく》が滴り落ちる。もう目が見えない。泣いているのか、リカルド？

「何でだよっ……、ちくしょう！」

「……リカルド、俺は、お前のことが、ずっと」

最後の言葉は、声にならなかった。

優しい闇がイシュメルを迎える。

死の腕に抱かれ、イシュメルは果てしないその深淵《しんえん》の中にゆっくりと落ちていった。

「なんと……なんということだ。『魔王の種子』が！　これではもう、魔王が生まれないではないか！」

悪魔が近くで何かを喚いていた。だがリカルドにとって、それはただの雑音でしかなかった。

腕の中の身体はもう息をしない。目を開けない。

これと同じ光景を、リカルドは見たことがあった。魔王のイシュメルをこの手で殺した時だった。あの時も彼はこうして、リカルドの腕の中で息絶えた。

もうこんなことはごめんだと思っていたのに。

蘇生《そせい》魔術は同じ人間には二度使えない。

リカルドはもう一度イシュメルに使ってしまった。だから、リカルドはもう彼を甦《よみがえ》らせることはできない。

「イシュ、メルっ……！」

リカルドの顔が悲哀に歪《ゆが》む。物言わぬ器となった愛《いと》しい肢体をぎゅうっ、と抱きしめた。冷たくなった頬に自分の頬を擦りつける。

身体が張り裂けそうだ、と思った。これは彼を喪《うしな》った痛み。二度は耐えられないと思っていたのに。

「お前、は、また俺に、それを味わわせるんだなっ……！」

慟哭《どうこく》の中、リカルドはイシュメルの亡骸《なきがら》を抱きしめた。だがその腕はもう、リカルドを抱き返しも、抗《あらが》いもしないのだ。

「……そこまで愚かだとは思わなかった」

悪魔が呆《あき》れたように吐き捨てた。

「そのままでいれば、今度こそ世界を支配できたものを」

「――……」

リカルドはゆっくりと顔を上げる。

イシュメルの身体をそっと横たえ、ゆらりと立ち上がった。腕で涙を拭う。開いた目には、隠しようもない殺気が浮かんでいた。それに気づいたディメルが忌々しそうに嗤《わら》う。

「愚かな勇者よ。お前は世界を護《まも》ったかもしれないが、愛しい者一人護れなかったというわけだ。どうしようもない無力な存在だよ」

「……ああ、そうだな」

まったくもってその通りだと思った。俺は何もできなかった。たとえ世界が平和になっても、そこに彼がいなければ何の意味もないのに。

俺は勇者失格だ。世界と引き換えにしても、お前一人のほうがいい。

「けど、お前のことは殺さなきゃならない」

リカルドは宝剣を抜いた。天井に開いた穴から差し込んだ月の光が反射して聖なるきらめきを宿す。

「こいつが命を懸けて守ったこの世界がすぐになくなったら、こいつが悲しむからな」

「恋に狂った哀れな勇者め」

壁に映るディメルの影が奇妙な変形を遂げ始めた。蝙蝠《こうもり》のような翼が生え、体軀《たいく》が大きくなり、端整な人間の顔が恐ろしい形相に変わる。

「それが本性かよ。笑えねえな！」

リカルドは目の前の悪魔を嘲った。

「お前も、イシュメル同様に冥府へと赴くがいい！」

ディメルの翼が広がる。それとほぼ同じくして、悪魔はリカルドの目の前に現れた。振り下ろされる鉤爪《かぎづめ》の攻撃を宝剣で弾《はじ》く。距離をとったリカルドは、剣圧に自身の魔力を乗せてディメルに放った。ディメルは紙一重でそれを躱《かわ》したが、翼の一部に亀裂が走った。

「――――チッ」

ディメルの翼の中から針状のものが飛んできた。リカルドはそれらをすべて宝剣で弾き飛ばすと、地面を蹴り、一瞬でディメルの目の前まで詰め寄る。

「なっ⁉」

リカルドは宝剣でディメルの身体を斜め上に斬った。確かな手応えと共に獣の咆哮《ほうこう》のような苦悶の声が響く。そのままもう一太刀浴びせようとしたが、すんでのところで避《よ》けられた。

「お、おのれ……っ！」

ディメルはレイラのほうに顔を向けた。彼女を人質にすることを思いついたようだ。リカルドは剣圧で側《そば》にあった柱を砕く。レイラとディメルの間に倒れたそれは、一時的に障害物となった。

「こんなものが役に立つと思っているのか⁉」

その通り。ただの瓦礫《がれき》など、奴はすぐに吹き飛ばせるだろう。

だが、その一瞬で充分だ。

リカルドは自身の魔力を宝剣に込める。宝剣ガイアゼルはリカルドに反応し、その刀身をまばゆく光らせた。勇者だけが使える聖なる力。

リカルドは真っ直ぐにディメルに向かって駆けた。跳躍し、渾身《こんしん》の力を込めて一閃《いっせん》する。

ディメルの首と胴は、その一瞬で分かたれた。

リカルドが着地するのとディメルの首が床に落ちるのとは、ほぼ同時だった。

どう、と倒れたディメルの身体が、まるで灰のように崩れて消えていく。

「……っ」

リカルドは倒れているイシュメルへ振り向き、それからレイラへと駆け寄った。鳥かごのような檻はディメルが死んだことによって消えている。

――まだ、なんとかなるかもしれない。

「レイラ、おいレイラ!!」

「……う……ん?」

リカルドがレイラを揺さぶると、眉が寄せられ、微《かす》かな呻《うめ》きが漏れた。それから亜麻色の瞳がゆっくりと開かれる。

「リカルド……?」

「大丈夫か、レイラ」

彼女はまだ状況が把握できないように視線を虚空に漂わせていたが、やがて思い出したようにはっと顔を上げた。

「私……、確か、あのディメルっていう悪魔に」

「ああ。そいつは俺が斃した。ここは魔王城だ」

「魔王城？　そんなところまで連れてこられたの？」

レイラがあたりを見回す。そして床に倒れているイシュメルを目に留め、ハッとした。

「……自分で腹の中から『魔王の種子』を引きずり出したんだ」

レイラは息を呑んだ。リカルドはそんな彼女に告げる。

「レイラ、頼む。イシュメルに蘇生魔術をかけてくれ」

自分ではもう彼を蘇生させることはできない。可能性があるとすれば、シスターである彼女だけだった。

「で…でも」

「『魔王の種子』はもうあいつが潰した。だからイシュメルを蘇生させてももう魔王にはならない。何の危険もない」

リカルドはレイラに頭を下げた。

「頼む」

「……いいわよ」

「本当か⁉」

リカルドはガバッと頭を上げた。すると、レイラの強い視線とかち合う。

「その代わり、リカルド、私と結婚してくれる？」

「……は？」

一瞬レイラが何を言っているのか理解できなくて、まぬけな声を返してしまったように思う。

結婚？　誰と？　俺とレイラが？

前に誰かが言っていた。レイラはお前のことが好きなのだと。だがリカルドはそれは自分に関係のないことだと思っていた。だってこの頭の中は、こんなにもイシュメルでいっぱいなのだから他の奴を思う余裕なんてない。むしろ期待を持たせるほうが残酷なのだと。

リカルドの思考が一瞬止まった。彼女にどう返していいのかわからない。

だがそんなリカルドの目をじっと見つめていたレイラは、「嘘《うそ》よ」と返した。

「そんな悪役になるのなんて御免だわ」

レイラは杖を持って立ち上がり、イシュメルの元に歩いていった。血だまりの中に倒れ伏す彼の側に跪《ひざまず》いて、乱れた髪を直してやる。

「馬鹿ね。いつもいつも一手に引き受けて。そんなだからあなたのこと、嫌いになれなかった」

再び立ち上がったレイラは、両手で持った杖を前に突き出した。彼女の法力が凝縮された魔方陣が中空に浮かび上がる。

「尊き神の許《もと》に運ばれし魂、今一度この世に現れたまえ。四つの精霊よ、天上より運び、集いし、遊ぶ御世には――――」

詠唱が響く。それと同時に光の粒のようなものが出現し、イシュメルの上に降り注いでいった。その夢のような光景をリカルドは息をつめるようにして見守る。

この蘇生はイシュメルのためのものじゃない。俺のためのものだ。自分の身勝手さは、自分で嫌というほどわかっている。

だからせめて、お前に尽くすから。

許してもらえるように幸せにするから、もう一度俺の隣で笑ってくれ。

祈るような気持ちで蘇生魔術を見つめていると、やがてレイラの法力が退《ひ》いていき、術の粒子が消えていった。

イシュメルはまだ目を開けない。

「術はうまくいったと思うけど……」

「イシュメル」

リカルドは彼の側に跪く。前の時もそうだった。イシュメルはなかなか目を開けてくれなくて、ずいぶんとやきもきしたものだった。

「イシュメル」

もう一度呼びかける。その時、彼の長い睫《まつげ》の先がぴくりと震えたような気がした。

「――……っ」

喉が微かに上下し、呼吸のために胸が上下する。やがて青白い瞼《まぶた》が開かれて、濡れたように黒い瞳が現れた。

「――イシュメル！」

リカルドはたまらなくなって彼を抱きしめた。

「リカル、ド……？」

彼が自分を呼ぶ声。ああ、よかった。この声をまた聞けた。

リカルドは声を上げて泣きながらイシュメルを抱き竦《すく》める。イシュメルが微かに笑うような声を耳元で聞いた。

「――イシュメルさん、こんにちは。今日はリカルドさんと？」

「はい。一緒に来ています」

「いつも仲良くていいねえ」

そう言われ、イシュメルは少し恥ずかしそうに肩を竦めた。

町はまた少し大きくなり、人も増えたようだった。イシュメルとリカルドは定期的にこの町に通っていて、復興の手助けをしたり、人々の頼み事を聞いたりしている。近くに住んでいる他の仲間ともよく顔を合わせていた。

町の人達はイシュメルのことも彼らの仲間だと思って接してくれている。これまであまり姿を現さなかったのは何か事情があったのだろうと。

そしてどういうわけかリカルドとの関係が公認のようになっていたのには驚いた。

リカルド曰《いわ》く、町の人達が自分の娘を嫁にどうだ、としょっちゅう言ってくるので、自分にはとても愛している恋人がいる、その人しか考えられない、とイシュメルのことを言ったらしかった。

そう言ってくれるのは嬉《うれ》しいが、こうやってからわかれたりするので少しばかり苦労している。リカルドはまったく気にしていないようだが。

町の通りを曲がったイシュメルは一軒の料理屋に入った。奥のほうの席でリカルドが手を挙げている。

「こっちだ」

　席にはアレウスとレギア、レイラも揃《そろ》っていた。時々こうして仲間達と食事を一緒にする機会が設けられている。リカルドは当然のようにイシュメルを自分の隣に座らせた。

「体調はどうだ、イシュメル」

「ありがとう。もうすっかりいいよ」

　アレウスの言葉に笑って答える。

「二度目の蘇生なんだから、無理したら駄目よ」

「わかっている。レイラにはすっかり世話になって、頭が上がらないよ」

「いいのよ。御礼ならリカルドにしっかりしてもらったから」

「いや、お前マジありえないんだけど。あの店主ドン引いてたぜ」

　レイラはイシュメルを蘇生させた礼として、リカルドにスイーツ店で奢《おご》れと要求した。その時に十段重ねの巨大パンケーキを平らげ、リカルドと店の主人を唖然《あぜん》とさせたのである。

「いいでしょ。乙女はお腹《なか》がすくのよ」

「なあ、レイラってこういうキャラだったっけ？　なんか、前はもっと大人しかったような……？」

　レギアが首を傾げるのに、レイラはにこりと笑って返した。

「可愛子《かわい》ぶる必要がなくなったの」

「ふうん…？」

相変わらず状況が読めていないレギアに、リカルドとアレウスは苦笑していた。

「君達はしばらくあの館に？」

以前から滞在していたリカルドが住みついた家にいるのかと、アレウスが尋ねてきた。

「ああ…、まあ、そのつもりだけど」

リカルドは珍しく歯切れの悪い様子で答える。

「勇者を返上しようかと考えててさ」

「え⁉」

その場にいた誰もが驚きの声を上げた。イシュメルも例外ではない。

この世界はそれぞれが得意とするスキルや戦闘力によって魔術師や戦士などの職業名を決めるが、一部の上級職と勇者は職業ギルドへの申請が必要だった。アレウスの賢者などがそうだ。

そして勇者は、その中でも特殊な扱いを受けている。

「な、何でだよ⁉　俺もいつかはリカルドみたいな勇者になりたいって思ってたのに！」

「何か理由があるのかい？」

「うーん」

リカルドは少し考え込むような表情を見せた。最近になって時々見る顔だった。イシュメルがふと気がつくと、どこか遠くを見てこんな表情をしていることがある。何か思うところがあるのかと尋ねてみたのだが、彼はなんでもないと言って笑うだけだった。

「勇者は世界のために戦うものだ。今の俺にはそれができない」

その言葉に、仲間達は黙り込んだ。リカルドは魔王となったイシュメルを斃した時、危険性をわかっていながらもイシュメルを蘇生させた。それは確かに、世界を再び危機に陥れる行動だったかもしれない。

「で…、でも、それは解決したじゃない」

「それはイシュメルの覚悟があったからだ。俺の働きじゃない」

イシュメルが再び魔王化する可能性があった『魔王の種子』は、イシュメル自身が体内から引きずり出し、砕いたことによってこの世から失われた。

「俺は私情に走った。そういうのは勇者失格って言うんじゃねえの」

「……リカルド、それは…っ」

「ああ、お前のせいじゃねえよ」

イシュメルが何か言うよりも早くリカルドが制する。

「こういうことをイシュメルに言うと、お前ならきっと、自分の責任だったと思うだろ。全然そんなんじゃねえよ。むしろお前は俺に振り回されてたほうだ」

「……」

何と言っていいかわからなかった。もともとイシュメルは弁が立つほうではない。

「……まあ、リカルドが決めたことなら何も言わないが」

アレウスがそれでも納得はしかねる、というふうに告げる。リカルドは苦笑した。

「たとえ勇者を返上しても、君は我々の仲間だよ」

「ありがとう」

どこか晴れ晴れとした顔になっているリカルドを前にして、イシュメルは胸がざわつくのを止めることができなかった。

「なあ、なんか怒ってるか？」

「怒っている」

イシュメルが珍しくこんな態度をとっているので、リカルドは戸惑っているようだった。

自分達は町に借りた小さな家に戻ってきていた。町に来る度に宿屋に泊まっていたのでは色々と気を遣うことが多いからというのが主な理由だった。仲間達からもそう勧められた。

「俺が勇者を返上するって言ったからか」

「それ以外に何がある？」

イシュメルが振り返ると、そこにはどこか困った顔をしたリカルドがいた。

「リカルドには、感謝している」

こんな自分のためにどこまでも奔走してくれたリカルド。真っ直ぐな激情をぶつけられ、お前が好きなんだと諭されて、どんなに嬉しかったことか。

「だけどそのためにリカルドが勇者をやめなければならないと言うなら、俺は今こうしている意味がない」

記憶があろうとなかろうと、イシュメルが世界を傷つけたのは事実だ。それでも彼はイシュメルを肯定してくれた。だからイシュメルはここで生きることを決め、復興の手伝いをすることで罪を償おうとしている。

「お前は、勇者じゃなくなった俺は嫌か？」

「そういうことじゃない」

リカルドの肩書きが何であれ、イシュメルの気持ちが変わることはない。

「けど――、うまく言えないけれど――、こういうのは、違うと思う」

うまく言葉にすることができないのが悔しかった。

「お前は勇者になるために、血の滲《にじ》むような努力をしてきたんだろう？　それを否定するのはたとえお前であっても嫌だ」

「……イシュメル」

「魔王は存在するだけで世界に仇なす存在だ。魔物を操り、人を、世界を傷つける。けれど勇者はその対極に位置するものだ。人々はお前の存在だけで希望を持つことが出来る」

イシュメルは必死だった。私情に走ったとか、そんな理由で彼に勇者をやめさせるわけにはいかない。だから拙い言葉を使ってなんとかわかってもらおうとした。

「今、お前が勇者をやめてしまったら、人々はどうしたのかと不安に思うだろう。まだ復興途中の世の中でそういう状況を作り出すのはよくない」

「……人々のため？」

拗《す》ねたような口調で彼は尋ねてくる。

「俺だってそうだよ」

イシュメルは言葉を重ねた。

「むしろ、俺が一番そう思っている」

「お前が？」

イシュメルは頷いた。

「リカルドは必死になって俺を助けようとしてくれた。それを悪いことだと言われたら、俺はどうしたらいい」

イシュメルのその言葉に、リカルドははっとしたような表情を浮かべる。

「……お前の言う通りかもしれない」

彼自身、意固地になっていた部分があったと言う。『魔王の種子』のせいでイシュメルが再度魔王化していくのを目にしていく焦りもあったと。

「もしもお前がまた魔王になったら、お前と心中するくらいの覚悟でいた。今でも、世界よりもイシュメルを選ぶ。そういう俺が勇者でいてもいいのかって考えてたんだ」

「結果的に世界を救っている」

「それはお前の覚悟であって俺じゃねえって」

「リカルドがいたからだ！」

声を張ったイシュメルに、彼は黙り込んだ。

「リカルドが俺を必要としてくれたから――――、だから、あんなことができた。どうしてわからないんだ」

伝わらないもどかしさに唇を噛《か》む。するとリカルドの手が伸びてきて、イシュメルの目尻をそっと拭った。

「泣くなよ」

「お前のせいだ」

責めるように言うと、彼は「ごめん」と謝った。

「お前がそう言ってくれるなら――、もう少し勇者やってみるよ」

リカルドの腕がイシュメルを抱きしめた。優しい抱擁。蘇生したばかりだからと、彼はイシュメルを気遣い、抱くことはしなかった。だが、密着した下半身に彼の熱い感触を得て、思わず息を呑む。

「――やべ」

リカルドはそう言ってイシュメルを離そうとした。

「悪い。こうしてると抱きたくなっちまう」

だがイシュメルは両腕で彼の首に抱きつく。

「抱けばいい」

ぎゅう、と抱きつくと、彼のものがますます大きくなったような気がした。それにつられてイシュメルの身体も熱を持ち始める。

「何を、今更――、抱いてくれ、リカルド。身体はとうに回復している」

これはお前のだから。

そう囁《ささや》くと、彼の喉がそれとわかるほどにはっきりと上下した。

「加減できねえぞ」

「必要ない」

リカルドの腕がぐっ、と腰を抱く。イシュメルの体内に甘い戦慄が走った。

「……俺のほうこそ、はしたない真似《まね》を晒《さら》してしまうかもしれない……」

恥を忍んでそう言うと、リカルドの口の端が引き上げられた。イシュメルの好きな表情だ。

「それこそ、大歓迎だ」

ふわりという感触がして、抱き上げられたのだと知った。

「家を借りといてよかったぜ」

リカルドが寝室のドアを足で開ける。

行儀が悪いな、と思いつつも、これからもっと行儀の悪いことをするかもしれないと思い直し、イシュメルは彼の首元に顔を埋めるのだった。

「ん、は…あ、はあっ……」

舌を吸われる度に喘ぎが漏れてしまう。

ベッドに辿《たど》り着くと、リカルドはイシュメルと口を合わせながらもどかしげに自分の服を脱ぎ捨てた。イシュメルもまた、衣服を剝いでくる彼の手に腰を浮かせたりして協力をする。

そして裸の肌と肌が触れ合った時、互いに大きなため息をついた。

「……ずっとこうしたかった」

「…っ、俺、も……っ」

重なってくる彼の唇に自分からも顔を傾けて受け入れる。夢中で舌を吸い合い、足を絡め合った。太股に彼の剛直が触れる。それはまるで熱せられた凶器のようだった。

「……リカルド…」

「馬鹿言え。いきなりなんて突っ込めるかよ」

早く挿《い》れたいのではないかと気遣うイシュメルに、彼はぶっきらぼうに言った。

「俺はお前を気持ちよくしたい」

「あっ」

首筋を舐《な》め上げられたかと思うと、指先で乳首を転がされる。たったそれだけで身体がびくん、と震え、熱い息が零《こぼ》れた。

「んん、あ、ふうぅ……っ」

もう片方は口に含まれて優しく舌先でねぶられる。足先からじわじわと甘く痺《しび》れ、やがて全身へと広がっていった。敏感な突起はリカルドの愛撫《あいぶ》に精一杯応えて勃《た》ち上がり、いやらしく膨らむ。乳暈《にゅううん》に焦《じ》らすように舌を這《は》わせられ、ふいに突起を咥《くわ》えられると高い声が漏れた。

「んぁあ、あっ！」

「可愛い…、すげえ、可愛い」

そんなふうに言われて羞恥に襲われる。反対側も同様に可愛がられるとイシュメルはいよいよ声が抑えられなくなった。

「ああ……あっ」

固くなった突起は唾液に濡れて卑猥《ひわい》に尖《とが》っている。舌先でぴんぴんと弾くように苛《いじ》められるとどうにも我慢ができなくなった。

「あっリカルドっ、や、だ、だめ…だっ」

「何が？」

わかっているくせに、彼はそんなことを言う。

「あっ、も、もうっ、イき、そう…だからっ」

また乳首だけで達してしまう。あまりにもすぐにはしたない姿を晒してしまいそうなのだ。

「イっていいぞ」

「んんあぁっ」

乳暈ごと口に含まれ、ぢゅうっ、と音を立てて吸われる。腰の奥からたまらない波が込み上げてきた。なんとか我慢しようとしても、快感が体内でどんどん膨れ上がる。

「あ、こんな、こんなっ……！」

「我慢するなよ、もう」

そう告げられて口の中で吸われた時、イシュメルの耐えようとする気力の糸がぷつりと切れた。

「ん、んくっ、ああんん……っ！」

乳首だけへの愛撫なのに下半身にもはっきりとした快感が走る。イシュメルの股間の肉茎で白蜜が弾けた。腰の奥がもの凄《すご》く切なくなって、耐えられずに尻が浮いてしまう。

「あ、あ、あぁあ……っ」

最後に軽く歯を立てられて腰がびくびくと跳ねた。リカルドの唇が徐々に下がっていき、イシュメルははっと我に返ったように目を開ける。

「あ、あまり見ないでくれ……、興が醒めるだろう」

以前は淫紋があった場所。イシュメルが自分の手で引き裂いた下腹には引き攣《つ》れたような傷が残っていた。二度目の蘇生の影響なのか、その傷跡までも完全に消し去ることはできなかったようだ。

「そんなことあるわけねえだろ」

リカルドがその傷跡に舌を這わせると、ぞくぞくと身体を震わせてしまう。

「これはお前の覚悟の証《あかし》だよ」

「あ、あ…っ、リカルド…っ」

美しいなめらかなイシュメルの身体に残るその傷跡はどこか淫靡《いんび》な印象を与えていた。だがそんなことはイシュメルにはわかりようがない。

「ここ、いっぱい舐めてやるな」

「え、あ…っ」

両膝に裏に手を差し込まれ、大きく広げられる。恥ずかしい部分がすべて露《あら》わになってしまうのに、さすがに足をばたつかせて抗おうとした。

「こら、大人しくしてろ」

「だ、だって…っ、ふあ、ああっ！」

黙らせるためなのか、いきなり咥えられてしまって嬌声《きょうせい》を上げさせられる。

「ん、ふ、あぁぁ…っ！」

イシュメルの顔が歓喜に歪んだ。下半身からの強烈な刺激に思わず背中が浮く。長い黒髪が波のようにシーツに広がった。

「ああ…っあっ、リカルドっ…！」

そこに顔を埋めたリカルドは執拗《しつよう》に舌を使った。そそり立ったイシュメルのものを根元から舐め上げ、特に感じやすい裏筋に重点的に舌を這わせる。

（こし、とける…っ）

下半身がどろどろと蕩《とろ》けていきそうだった。リカルドが舌を使う音と自分の愛液とが混ざる音。それがぴちゃぴちゃと耳を刺激して、それだけでイキそうになる。いつしかイシュメルはリカルドが手を離してもその恥ずかしく両脚を広げたままの体勢でいた。

「イイか…？　イシュメル」

「あ、いいっ、あっ、あっ、ああっ…！」

裏筋からくびれの部分を舌先で可愛がられて、がくがくと腰が揺れる。込み上げる絶頂感。

「ふあ、あーっイくっ……！　ああ、あっ！」

ぬるん、と先端を舌で包まれてイシュメルは耐えられずに達した。喉を反らしながら白蜜を噴き上げて、それらはすべてリカルドの口の中で飲み下される。そんな彼をイシュメルは震えながら見つめていた。

「ん、んんうっ…、ま、またっ…！」

彼はイシュメルの放ったものをすっかり綺麗《きれい》にしてしまうと、もう一度その肉厚の舌を這わせる。達したばかりの先端をぞろりと舐められて泣くような声を上げた。

「あっ、お、おかしくっ…、なるっ…！」

「なればいいだろ？　俺とお前の二人だけしかいねえんだから」

そんなふうに言われて腹の奥が切なくうねる。

「…っ、意地悪、するな……っ」

潤んだ瞳で睨《にら》むと、リカルドがぐっ、と喉を鳴らした。彼は苦笑して、じゃあ、とイシュメルの脚をめいっぱい開く。

「ここ、してからな」

「な、あっ…！　ああっ！」

リカルドの舌がイシュメルの後孔に伸びて、縦に割れたそこをぴちゃりと舐め上げた。その途端にツン、とした快感が肉洞に走る。

「う、うっ…！」

とんでもない場所を舐められて羞恥と快楽がイシュメルを翻弄した。リカルドの舌がそこを撫《な》でる度に入り口近くの媚肉《びにく》がじくじくと疼《うず》く。慎ましく閉じられていた肉環は悶えるように収縮を繰り返すのだった。

「あ、あっ、ああっ…、そ、んなところ、舐め、るなっ…！」

リカルドはイシュメルの秘所を指で押し広げる。すると珊瑚色《さんごいろ》の肉壁が露わになり、そこもそっと舐められた。

「ひ、う…っ、ああ……っ」

肉洞から下腹の奥にかけての甘く痺れる感覚がたまらない。ちゅく、ちゅく、という音と共にリカルドの舌がその部分を嬲《なぶ》っていくのに、イシュメルは耐えきれずに啼泣《ていきゅう》した。

「あ、あ、はう…っ、あぁあ……っ」

切ない快感が次から次へと湧いてくる。唾液を舌で押し込まれるようにされた時はそこがじくじくと激しく疼いた。

「ん、う…っ、あ、あ、あぁぁあ……っ！」

イシュメルは大きく仰《の》け反《ぞ》る。身体の芯が引き絞られるような感覚と共に絶頂がやってきて、びくびくと下腹を痙攣《けいれん》させながら達した。肉洞の壁がうねるように収縮する。痺れきって力の入らない指先がシーツを鷲摑《わしづか》みにした。

「――――イシュメル。挿れていいか？」

「んっ、ん……っ」

イシュメルはもう応えることもできず、こくこくと頷く。リカルドはようやくそこから顔を上げると、イシュメルの両脚を抱え上げた。ちらりと視界に入った彼のものは腹につかんばかりに天を向いている。

彼はイシュメルが充分に回復するまで抱こうとはしなかった。こんなに欲しがってくれていたのに。今も、自分の欲望は後回しにしてイシュメルの快楽を優先してくれている。そう思うと、たまらなかった。

「は……やく、リカルドっ……」

早くひとつになりたい。繋《つな》がりたい。

震える両腕を伸ばすと、骨が軋《きし》むくらいにきつく抱きしめてくれた。

「あ……っ」

さっきまでさんざん舌で嬲られた場所に怒張の先端が押しつけられる。その途端、ざわっ、と総毛立った。

「……っ、んあっ、あぁぁ……っ！」

ずぶずぶと音を立ててリカルドが這入《はい》ってくる。挿入の刺激に耐えられず、イシュメルはまた達してしまった。

「お前、いっつも挿れられただけでイくよな」

「だ、だっ…て、お前のが、気持ちいいから…っ」

だから彼が這入ってきただけで極めてしまう。そんな自分のはしたなさを恥じるように身を竦めると、リカルドは嬉しそうに笑って額を押しつけてきた。

「あんまり可愛いこと言うなよ。俺だって早々に爆発しそうだ」

「……っ、かまわ、ない、のにっ……」

「そういうわけにはいかないだろ」

「ああっ」

内部を軽く突かれてイシュメルは声を上げる。

「お前のことを悦《よろこ》ばせたいんだよ、俺は」

「んん、ああ…っ」

じゅぷん、じゅぷん、と卑猥な音を立てて抽送が始まった。一突き毎《ごと》に全身が痺れるような快感が込み上げる。内壁が擦られる度に声が漏れるのを止められない。

「ふあ、あ、あっ、ああう……っ！」

「気持ちいいか、イシュメル……っ」

「あっリカルド、あっあっ、いぃ…っ」

素直に振る舞うと、リカルドは息を荒らげて更に深く覆い被《かぶ》さってきた。体内を抉《えぐ》られ、重たい快感に悲鳴のような声が漏れる。

「うあ、あ、あぁぁあ」

「イシュメル、イシュメルっ…！」

何度も名を呼びながら中を穿《うが》ってくるリカルドは、こちらを決して離すまいとしているようだった。目の前が霞《かす》むような愉悦に翻弄されながらも、イシュメルは彼の背を必死で抱き返す。

「リカル、ドっ…！」

「なあ、俺のこと、好きか…っ？」

「す、好き、だ、リカルド、すきっ…！　ん、んんう…っ！」

情動に駆られるままに応えると、口を塞がれ、奥を小刻みに突き上げられた。嬌声が口の中に吸い取られる。一頻《ひとしき》り舌を絡めてからイシュメルは絶頂の悲鳴を上げた。

「…っあ、あぁあっ、い、く――――…っ！」

「ぐ…っ！」

ほぼ同時に極めた。イシュメルが互いの下腹の間でそそり立っているものから白蜜を噴き上げると、リカルドの熱情が体内で弾ける。

（あ、あ、出てる）

リカルドのもので体内を満たされると、多幸感に包まれた。極みは長く続き、その間ずっと抱き合い、跳ねる身体を抱きしめられていた。

「イシュメル」

「ん、うぅんんっ……」

ようやく波が引いてきた時に口づけられて、うっとりと舌を絡め返す。

「まだ、抜きたくねえな」

「ん…っ、俺も、繋がっていたい……」

リカルドはそのままでゆっくりと腰を揺らし出した。あ、あ、とイシュメルが蕩けた声を漏らす。達したばかりの場所を再び擦られて我慢できなくなる。

「お前の中、すっげえうねってる……」

「んあ、ああ、そこ、感じ、るっ……」

「可愛いな」

リカルドは抱えたイシュメルの片脚を摑むと、繋がったままで足の指に舌を這わせた。

「ふあ、あぁあ…っ」

身体中がぞくぞくとわななく。根元まで吞み込んだリカルドのものを、肉洞がきつく締めつけた。

互いを確かめ合うような情交は果てしなく繰り返され、ようやく身体を離したのは夜も白々と明るくなる頃だった。


「で、まあ、勇者返上は結局やめることにした」

「ふうん」

「まあそんなところだろうと思っていたよ」

「最初からそうすればよかったのに」

次に仲間達と会った定食屋でリカルドが勇者返上をやめたという報告をすると、彼らはそんな返事をした。

「なんだよ。お前らが心配してたからわざわざ改めて言ったのに、ずいぶん薄い反応じゃねえかよ」

「だって絶対イシュメルが説得すると思ったもの」

「リカルドはイシュメルの言うことは聞くからな」

「そうそう」

「あっそう……」

レイラ、アレウス、レギア、という同じ順番で返されて、リカルドは脱力したように頬杖をついた。そんな彼らを見て、イシュメルはおかしそうに笑いを漏らす。

「どうせ俺は不良勇者だよ」

拗ねたような口調で呟《つぶや》くリカルドを愛おしいと思う。そしてこの仲間達も。

そんなイシュメルを見て、レイラがふいに言った。

「ねえ、イシュメルも必要以上に気に病まないでね。私たちと一緒にこの世界にできる限りのことをすればいいのよ。だって仲間でしょう、私たち」

「――――」

ふいの言葉に、思わず虚を衝《つ》かれた。

黒い瞳をぱちくりと瞬かせて仲間達を見ると、彼らは皆レイラの言葉に異論がないような表情をしていたり、頷いたりしている。思わず鼻の奥がつんと熱くなった。

「あ――ありがとう」

「君達二人は本当に人騒がせだね。まあ、想い合うのはいいことだよ」

「えっ⁉」

アレウスの言葉にレギアが素っ頓狂な声を上げた。

「リカルドとイシュメルってそういう間柄だったのか⁉」

その場が一瞬静寂に包まれた。アレウスとレイラ、そしてリカルドの、呆れたような視線がレギアに注がれる。

「……知らなかったの……？」

「ていうか、どうしてお前らそんなこと知ってるんだよ？」

「見ていたらわからなかったか？　リカルドの態度とか、けっこうあからさまだったように思うんだが」

「全然」

大真面目な顔でレギアが首を振る。彼はこういう人間だった。イシュメルはそれで何故かほっとしてしまって、肩の力が抜ける。リカルドは何がそんなにおかしいのか声を立てて笑っていた。

「よかった」

解散した後、二人で町の通りを歩きながらイシュメルが呟いた。

「何が？」

「リカルドが思い直してくれて」

「あいつらに話す前に、もう思い直してたろ」

「彼らの前でもちゃんと話してくれてよかったなと思って」

そう言うと、彼はふう、と息をつく。

「心配性だよな、お前って」

「リカルドほどじゃないよ」

彼と視線を合わせると苦笑が返ってきた。

前方から親子連れが歩いてくる。母親と、小さな男の子だった。彼はリカルドの姿を見るとぱあっと顔を輝かせる。

「勇者さま⁉」

「あ？　ああ……」

「勇者さま、あのね、平和にしてくれてありがとう！」

「こら、不躾《ぶしつけ》でしょ。申し訳ありません、リカルドさん」

母親は困ったように男の子を窘《たしな》める。リカルドはいいんですよと笑って男の子の頭に手を乗せた。

「お母さんの言うことよく聞いて、好き嫌いせずに何でも食べてな」

「そしたら勇者さまみたいに強くなれる？」

「ああ、きっとな」

男の子は憧れにきらきらとした瞳でリカルドを見上げていた。親子と手を振って別れると、リカルドはイシュメルに尋ねる。

「俺、ちゃんと勇者やれてたか？」

「立派に」

「要はそういうことってわけか」

あの小さな少年はリカルドへの憧れを胸に生きていくことだろう。それはれっきとした希望になる。

「お前が側にいてくれるなら俺はちゃんと勇者やってくよ」

リカルドはイシュメルの手をそっと握った。

「……うん」

彼と仲間達が用意してくれたこの新しい生をもう一度生きてみよう。彼と共に。

イシュメルはそんなふうに思って、リカルドの手をそっと握り返した。

あとがき

こんにちは。西野花《にしのはな》です。「勇者は元魔王を殺せない」を読んでいただきありがとうございました！　この話は最初はもっと違うタイトルだったのですが、担当さんがよりいい感じのタイトルをつけてくださいました。ありがとうございました！

この話は魔王受けが書きたいという気持ちで書いたのですが、何でか異様に時間がかかってしまい、担当さんにもイラストレーター様にもご迷惑をおかけする羽目になってしまいました。仕事の早い作家さんを見ているとだいたい皆さんよく運動されているイメージがありますが私はもう全然なので、とりあえず散歩する筋力を戻すための散歩から始めたいと思います。

今回挿絵の兼守美行《かねもりみゆき》先生、ありがとうございました。表紙を見た時に思わず「あっ、可愛い！」と言ってしまいました。イシュメルは美人だし、リカルドがめっちゃ勇者っぽくて好きです。紅一点の女子キャラにも「おっぱい大きくしていただいていいですか」とか言ってしまって本当にすみませんでした。

これを書いているのは二〇二三年の年末なのですが、何か仕事をしていた記憶しかありません。その割に原稿はあまり進んでいないので、来年はもっと色々と余裕を持ちたいと思います。

私にはずっとやりたいと思っていたことがあって、それは『河原に座ってケーキオアドーナツを食べながら、マグボトルに入れてきた紅茶を飲む』ということなのですが、その気になればすぐに出来そうな感じなのに未だにできていません。川は広瀬川《ひろせがわ》を予定しています。同県民の皆さん、もし広瀬川沿いでボ――ッと座ってドーナツ食ってる女がいたらそれは多分私かもしれないので、そっと見守って下さい。無害なので。

あと私はあとがきがすっっっごく苦手で今回もこれを書くだけで二日かかっているのですが、読者の皆さんの中には何故か「あとがき好きです」と言ってくださる方がけっこういらっしゃるのでがんばって書いていこうと思います。

それでは、またお会いしましょう。

西野花

XID：@hana_nishino

この本を読んでのご意見、ご感想を編集部までお寄せください。

《あて先》〒141-8202 東京都品川区上大崎3-1-1 徳間書店 キャラ編集部気付
「勇者は元魔王を殺せない」係

【読者アンケートフォーム】

QRコードより作品の感想・アンケートをお送り頂けます。

Chara公式サイト http://www.chara-info.net/

Chara

勇者は元魔王を殺せない

【キャラ文庫】

2024年1月31日　初刷

■初出一覧
勇者は元魔王を殺せない……書き下ろし

著者　西野 花
発行者　松下俊也
発行所　株式会社徳間書店
〒141-8202　東京都品川区上大崎 3-1-1
電話　049-293-5521（販売部）
　　　03-5403-4348（編集部）
振替　00140-0-44392

印刷・製本　図書印刷株式会社
カバー・口絵　近代美術株式会社
デザイン　百足屋ユウコ＋タドコロユイ（ムシカゴグラフィクス）

ISBN978-4-19-901122-1

キャラ文庫最新刊

末っ子、就活駆け抜けました　毎日晴天！20

菅野 彰
イラスト✦二宮悦巳

就職活動に迷った末、児童養護施設でのアルバイトを始めた真弓《まゆみ》。誰にも相談できず、これが寄り道かどうかもわからず悩むけれど!?

勇者は元魔王を殺せない

西野 花
イラスト✦兼守美行

魔王討伐に来た勇者一行。しかし仲間のイシュメルが次期魔王になった!?　イシュメルの望み通り、再び勇者は魔王を殺すことを決意し!?

無能な皇子と呼ばれてますが中身は敵国の宰相です③

夜光 花
イラスト✦サマミヤアカザ

失敗したら牢屋行きのドラゴン退治に赴くことになったリドリー。その道中、訪れた村で子どもの行方不明事件を解決することになり!?

2月新刊のお知らせ

犬飼のの　イラスト✦笠井あゆみ　［氷竜王と炎の退魔師②］
尾上与一　イラスト✦牧　［蒼穹のローレライ］
川琴ゆい華　イラスト✦高久尚子　［入れ替わったら恋人になれました］

2/27（火）発売予定